N° 22.
10 Centimes
le Numéro.

A partir du Numéro 22.
2 *Livraisons à* 10 *Centimes par Semaine.*

N° 1.
60 Cent. la Série
de 6 *Livraisons.*

AF456139

COLLECTION DES

ROMANS POUR TOUS

SERA COMPLET EN 6 LIVRAISONS A 10 CENTIMES

PARIS
DEGORCE-CADOT, EDITEUR, 70 *bis*, RUE BONAPARTE

4° Y2
90

LES ROMANS POUR TOUS ILLUSTRÉS

A PARTIR DU NUMÉRO 22

Pour répondre à la demande générale de nos lecteurs, le Numéro se vendra 10 Centimes.
Deux Numéros par semaine.

Un seul Roman est publié à la fois

ROMAN EN COURS

LES BAISERS MAUDITS

PAR

HENRY DE KOCK

SUCCÈS OBLIGE !

Après l'immense succès du magnifique Roman qui vient de finir dans les *Romans pour tous illustrés*, **Les Chevaliers du Lansquenet**, par Xavier de Montépin, nous nous trouvons obligé, ne serait-ce que par pure reconnaissance, de ne reculer devant aucun sacrifice pour répondre convenablement à la faveur du public.

Nous nous sommes donc rendu acquéreur des principaux romans de Henry de Kock, l'auteur charmant et aimé des **Treize Nuits de Jane,—Comment aime une grisette,—Brin d'amour,** et de vingt autres publications ravissantes de joyeuse humeur et de fine observation.

Après les **Baisers maudits,** nous donnerons successivement et sans interruption, du même auteur : **Le Démon de l'alcôve, La Fée aux amourettes, La Fille à son père, Ni fille, ni femme, ni veuve,** etc., etc., etc.

Tous ouvrages qui seront complets, chacun, en 5 ou 6 livraisons à 10 centimes.

D'autres romans de Ernest Capendu, Elie Berthet, Charles Deslys, Alexandre de Lavergne, Xavier de Montépin, Mme Ancelot, etc., etc., suivront immédiatement.

Chaque volume annuel des *ROMANS POUR TOUS ILLUSTRÉS* formera en outre un magnifique recueil de plus de 400 pages, de romans complets.

Une livraison de 8 pages le Jeudi et le Dimanche. . **10** centimes.
La série de 5 livraisons, avec couverture. . . . . . **60** »

ABONNEMENTS AUX LIVRAISONS ET AUX SÉRIES

Les abonnements, pour l'année entière, Paris et Province : **12** francs
Par la voie des libraires ou
En un mandat-poste au nom de l'éditeur Degorce-Cadot, 70 bis, rue Bonaparte, Paris.

N. B. — A moins de recommandation spéciale contraire, les abonnements seront servis par *Séries*.

LES BAISERS MAUDITS

PAR HENRY DE KOCK

I

C'était au mois de septembre de l'année dernière; je revenais, avec Bénédict Mazerolle, d'Oiry, petit village aux environs d'Epernay, où nous avions passé six semaines charmantes, grâce à l'hospitalité toute princière d'un de nos amis communs, le marquis de B.

Des gens qu'on vient d'héberger pendant six semaines n'ont pas le droit de se montrer économes. En arrivant à l'embarcadère d'Epernay pour prendre le convoi qui devait nous ramener à Paris, nous avions donc décidé à l'unanimité, Bénédict et moi, que nous nous offririons des places de première classe, tout comme des agents de change, des propriétaires, des femmes du monde et du demi-monde ou des *comédiens-étoiles* qui voyagent.

Il était midi et demi lorsque nous montâmes en voiture. Désireux de pouvoir, chemin faisant, fumer à l'aise notre cigarette, nous nous étions mis en quête, dès l'apparition du convoi, d'un compartiment solitaire. Mais le compartiment solitaire est le *rara avis* des grandes lignes ferrées. Indépendamment des voyageurs partant d'Epernay même, il y avait encore dans le train des voyageurs de Reims; en dépit de cause, nous nous résignâmes à faire choix d'un compartiment qui ne contenait qu'une personne; et cette personne était un homme; toutes chances, nous l'espérions, de jouir de nos coudées franches.

L'homme en question, — un gros gaillard d'une cinquantaine d'années, de tournure et de mine assez vulgaires,— était assis dans un coin, lisant son journal,— la *Patrie*, — lorsque nous prîmes place sur les coussins à ses côtés. Quoique profondément plongé dans les douceurs de la lecture, il avait cependant répondu à notre salut en soulevant à demi sa casquette de voyage.

— Il est poli, c'est bon signe, fit Bénédict à mon oreille; s'il ne fume pas, du moins il ne nous empêchera pas de fumer.

Le coup de sifflet du départ retentit; la locomotive souffla, soupira, hurla quelques secondes; le convoi s'ébranla; nous partions, nous étions partis.

Bénédict avait déjà tiré de sa poche et papier et tabac.

— Monsieur, dit-il avec aménité à notre compagnon, la fumée vous incommode-t-elle?

Le gros homme sourit.

— Nullement, monsieur, répliqua-t-il; je fume moi-même comme un Suisse.

— C'est à merveille, alors, reprit Bénédict.

Comme preuve à l'appui de son dire, le gros homme, lâchant sa *Patrie*, exhiba à nos yeux une pipe d'écume de mer fort digne, en effet, de par sa taille et son vigoureux *culottage*, de figurer aux lèvres d'un descendant de Guillaume Tell.

Avant de charger sa pipe, à son tour, il jeta vers nous un regard des plus courtois.

— Avez-vous du tabac, monsieur? demanda-t-il.

— Mille remerciements, monsieur, répondit Bénédict; nous avons tout ce qu'il nous faut.

— C'est juste, c'est juste! reprit notre compagnon, dont l'œil tant soit peu dédaigneux effleura l'élégante *blague* brodée d'or et de soie, appartenant à Bénédict, dans laquelle j'étais occupé à puiser pour le moment; d'ailleurs, mes provisions ne seraient pas de votre goût, je pense! Vous fumez du maryland ou du latakieh dans vos... machinettes, n'est-ce pas?

— Vous vous trompez, monsieur, dit Bénédict très-grave; nous fumons, dans nos machinettes, ce que vous fumez, je suppose, dans votre machine : du *caporal*.

— A la bonne heure! s'écria le gros homme avec un geste d'approbation; tous ces tabacs, soi-disant américains et turcs, ça ne vaut pas le diable, voyez-vous! Je me suis laissé dire qu'on les confectionnait avec du foin. Eh! eh! .. Et je serais très-porté à le croire... *Le caporal*, voilà le vrai, le seul tabac au monde! J'ai visité l'Allemagne, l'Angleterre, la Russie, la Belgique, et nulle part je n'en ai trouvé qui l'égale. Seulement, fumé de la sorte, dans des morceaux de papier, il ne m'irait pas à moi! Oh! non!

Je me suis laissé dire encore que la plupart des fumeurs de cigarettes mouraient de la poitrine à la longue! Saviez vous cela, messieurs?

— Certes! répliqua Bénédict, toujours grave.

— Eh bien?

— Eh bien, cette perspective ne nous effraie pas; au contraire! Mon ami et moi, nous avons l'intention de ne point vivre au-delà de trente ans. L'existence est chose si monotone!

Le gros homme regarda Bénédict d'un air ébahi. Tout à coup, partant d'un éclat de rire, — évidemment il avait compris, *à la longue*, qu'on se moquait de lui :

— Bien riposté! fit-il. Au fait, de quoi me mêlai-je! Et quand il vous plairait, messieurs, de fumer du jonc, des feuilles de noyer ou de l'amadou, en quoi cela me regarde-t-il, je vous le demande?

II

Quelques minutes s'étaient écoulées depuis cet incident, lorsque le gros homme, qui, ces quelques minutes durant, n'avait pas cessé de considérer Bénédict avec une persistance singulière, — comme quelqu'un qui cherche à réunir ses souvenirs, — s'écria, en s'adressant à l'objet de son attention :

— Pardonnez-moi si je suis indiscret, monsieur; mais ne seriez-vous point M. Bénédict Mazerolle?

Bénédict, assez étonné, inclina affirmativement la tête.

— En effet, monsieur, répondit-il, je suis M. Bénédict Mazerolle; vous me connaissez?

— Si je vous connais? mais beaucoup! Et il y a longtemps, ma foi! Et vous me connaissez bien aussi, vraiment! Onésyme Ringuet, de Reims.

— Onésyme Ringuet...

— Mais oui, un ami de Robert Mullier, l'ancien associé de monsieur votre père. Comment, vous ne vous rappelez pas Onésyme Ringuet, avec lequel vous dîniez tous les premiers du mois, chez Robert Mullier? Oh! il y a déjà quelques années de cela, et vous étiez encore fort jeune à cette époque! Quel âge pouviez-vous avoir alors, voyons?... Quinze à seize ans. Mais c'est égal, vous devez... Ah! tenez! Un détail qui aidera votre mémoire. C'était moi qui fournissais de vin de Champagne la cave de ce pauvre Robert Mullier... — je dis pauvre, car il est mort trop tôt, ce brave garçon! Aussi, il se tuait à travailler, je le lui répétais sans cesse! — Or, comme, tout petit garçon que vous fussiez, quand vous vous trouviez avec nous à table, j'avais remarqué vos rares dispositions à *flûter* l'aï mousseux... — Ah! vous y alliez joliment! — sans me soucier des remontrances et des reproches de monsieur votre père, j'avais soin de remplir à chaque instant votre cornet!... Eh! eh! .. vous poussiez à la consommation, ça m'allait à moi, vous concevez! Un jour même je vous grisai, oh! mais là, je vous grisai comme un petit Polonais! et vous nous fîtes tous rire aux larmes! Vous aviez le champagne belliqueux, et comme tout le monde, et votre père le premier, se moquait de vous, vous vouliez à toutes forces vous battre avec moi! Eh! eh! Eh bien, y êtes-vous?

En achevant cette énumération de faits rétrospectifs,

M. Onésyme Ringuet, de Reims, la main familièrement posée sur le genou de Bénédict, contemplait triomphalement ce dernier.

Bénédict ne me semblait pas absolument convaincu de l'authenticité des détails avancés par M. Onésyme Ringuet; cependant, comme ce que disait le gros homme, à propos de certains écarts bachiques de sa jeunesse, était dans les choses possibles; comme s'il ne se souvenait que vaguement des gens avec lesquels il avait trinqué jadis chez Robert Mullier, l'associé de son père, Bénédict se souvenait parfaitement, du moins, et de Robert Mullier et de ses dîners...

Jugeant qu'hésiter plus longtemps à reconnaître le marchands de vin de Champagne ce ne serait qu'exciter davantage ce dernier à vouloir être reconnu...

— Très-bien! fit Bénédict; très-bien! J'y suis à présent!

— Ah! ah! vous me remettez enfin!

— Oui, oui; votre nom ne me revenait pas, mais...

— Mais ma figure vous revient! Oh! je ne suis pas beaucoup changé depuis une quinzaine d'années! J'ai toujours été replet et rougeaud. Un marchand de vins, c'est dans l'ordre! Eh! eh! Par état nous festinons plus souvent qu'à notre tour, nous autres! Ça finit même par devenir une corvée, pour nous, *à la longue!* Mais il faut bien prendre son mal en patience, surtout quand ce mal vous rapporte chaque année une trentaine de mille livres qui ne doivent rien à personne! Tel que vous me voyez, mon cher monsieur Bénédict, je possède aujourd'hui mon petit million! Mon Dieu, oui! Il ne tiendrait qu'à moi d'envoyer promener le commerce et de vivre, en bon bourgeois, de mes rentes! Mais bah! je ne suis pas encore assez vieux pour me croiser les bras! Je m'ennuierais, pas vrai? Je m'ennuierais! Et votre cher père, il s'est retiré des affaires, lui, à ce qu'on m'a dit?

— Oui, monsieur.

— Et vous ne lui avez pas succédé, je sais encore cela. Vous êtes dans les arts, vous! Oh! j'ai quelquefois lu votre nom dans les journaux! Vous faites de la peinture?

— Oui, monsieur.

— Mon Dieu! pourquoi vous seriez-vous gêné pour vous mettre dans une partie qui vous convenait, puisque votre père a de la fortune? N'est-ce pas donc? D'ailleurs, il paraît qu'il y a des peintres qui gagnent beaucoup d'argent. Il en vient un chez moi à Reims qui accroche encore ses sept à huit mille francs par an... C'est gentil, hein! pour un artiste de province? C'est un peintre de portraits. Vous devez avoir entendu parler de lui à Paris; il a exposé plusieurs fois: Stanislas Bourain? Il nous a tous *faits* à la maison, ma femme, moi, mes deux petites filles... et une vieille tante aveugle. Nous sommes frappants! Oh! il a du talent! Seulement, la photographie commence à le taquiner. Oh! c'est une rude concurrence que celle-là, je crois, pour les peintres. Stanislas Bourain me jurait, hier encore, qu'avant dix ans la photographie aurait entièrement remplacé la peinture. Ça se conçoit... c'est plus ressemblant et ça coûte moins cher!... Ah! que je suis donc enchanté de cette rencontre! Est-ce drôle, hein, monsieur Bénédict, comme on se retrouve sans s'en douter?... Lorsque vous êtes monté dans le wagon, ma parole d'honneur, je me suis dit tout de suite: « Voilà une tête que j'ai vue quelque part! » C'est curieux, quoique ça, avouez-le, au bout de quinze ans! Mais devinez à quoi je vous ai remis principalement! A votre aplomb, quand vous m'avez répondu que votre intention était de ne point vivre au-delà de la trentaine! Eh! eh! c'est que vous nous en contiez déjà de bonnes, autrefois, chez Mullier! Oh! vous promettiez! Il n'y avait pas à lutter avec vous pour les farces! Quelle *pratique!* Et lorsque vous étiez un peu lancé, donc?... Et, au fait, par quelle occasion dans ce pays? Vous êtes venu travailler par ici avec monsieur?

— Non; nous venons de chez un de nos amis.

— A Epernay même?

— A Oiry.

— Ah! ah! j'y vais souvent à Oiry... J'y ai plusieurs clients. Eh! eh! vous avez peut-être bu de mon vin chez votre ami... Attendez... ne serait-ce pas un ancien commissionnaire de roulage, votre ami? M. Droulot... qui a acheté dernièrement, à Oiry, une propriété assez *conséquente*, près de la maison du maire?

— Non, monsieur; notre ami se nomme le marquis de B.

— Le marquis de B.! Pas possible! Ah! vous êtes lié avec le marquis de B., monsieur Bénédict! Peste! Mes compliments! Le marquis est un des plus gros bonnets du pays. Mais je le fournis aussi! Quand je vous disais que vous avez bu de mon vin par là! Comment, vous êtes l'ami de M. de B.! et vous êtes resté une huitaine à son château?

— Six semaines.

— Six semaines! Ce n'est pas une heure! Allons, allons, je vois avec plaisir que vous êtes lancé, tout à fait lancé! Et je vous félicite derechef. Les belles fréquentations, ça sert toujours, n'est-ce pas?... Eh! eh! ce cher monsieur Bénédict!... Ah! bien, puisqu'un heureux hasard nous a réunis, j'en profite, moi, tant pis! Je vous dirai d'abord que je ne m'embarque jamais sans biscuits; vous comprenez, quand on fait cinq ou six fois par mois un voyage comme celui-ci, on se précautionne. J'ai là une bouteille d'échantillon que nous allons *sécher* à nous trois, hein? De plus... Oh! il faut que je vous conte ça, c'est trop comique! Figurez-vous que j'avais du monde à dîner hier... une dizaine de personnes; c'était la fête de ma femme, et ces jours-là, vous savez, on met les petits plats dans les grands! Le matin, j'appelle notre bonne, — une paysanne que nous avons prise tout nouvellement pour veiller sur les enfants, — et je lui ordonne d'aller commander, pour le soir, douze douzaines d'huîtres et une douzaine de petits pâtés! Bon. Devinez de quoi s'avise notre Jocrisse en jupons? Elle commande une douzaine d'huîtres et douze douzaines de petits pâtés! Eh! eh! N'est-ce pas qu'elle est forte celle-là? Au reste, le pâtissier est un mauvais farceur, il devait bien présumer que notre domestique se trompait, et qu'il n'était pas probable que j'eusse demandé une si prodigieuse quantité de petits pâtés! De quoi nourrir un régiment! Enfin, au moment de nous mettre à table, vous voyez d'ici l'effet en face de cette avalanche de gâteaux et de ce misérable plat d'huîtres! Tout le monde se tordait! J'avais commencé par me fâcher, mais, à la longue, j'ai ri comme les autres. C'était le parti le plus sage. Seulement, comme on n'a jamais pu parvenir à absorber les cent quarante-quatre petits pâtés!... — douze fois douze, ça fait cent quarante-quatre! — pour ne pas les perdre tout à fait, j'en ai bourré mon sac de nuit avant de monter en wagon! Ça n'est pas plus mauvais, froid, qu'autre chose; vous verrez!... d'ailleurs, le vin de Champagne fait couler! Et puis, tout en mangeant et en buvant, histoire de passer le temps, si vous le voulez, mon cher monsieur Bénédict,—vous jouez le piquet, n'est-ce pas? Et monsieur votre ami le joue aussi!... qui est-ce qui ne joue pas le piquet? — j'ai des cartes dans ma poche; — encore une idée à moi pour les jours où je voyage avec des gens qui me conviennent; nous nous livrerons donc, à trois, à un piquet enragé! A cinquante centimes la partie! Bah! après nous la fin du monde. Et voilà comme, sans nous en apercevoir, nous arriverons à Paris. Eh! eh! Commençons par causer un brin avec le vin, ça vous sourit-il? Oh! vous allez me dire des nouvelles de ce nanan-là! Première qualité, douze francs la bouteille, prix marchand. Du *Sillery crémant!* Je portais cet échantillon à un de mes meilleurs clients de Paris, mais je m'en fiche; ma visite sera pour un autre jour. Tiens! au fait, il est peut-être aussi de vos amis, monsieur Bénédict, mon client! Un rude viveur... riche comme Rothschild... et mauvais sujet, à ce qu'il paraît!... On m'a assuré qu'il dépensait cent mille francs par an pour les femmes!... Le comte de Châteaulin! Vous le connaissez, hein?

III

Tandis que M. Onésyme Ringuet parlait ainsi, entremêlant chacune de ses phrases d'un gros rire à toute volée, ou d'une petite tape sur les genoux de Bénédict, j'avais fermé les yeux pour ne pas être témoin du martyre de mon malheureux ami, et, désolé de ne pouvoir en même temps fermer les oreilles, je me demandais, ahuri, abruti par le stupide verbiage du gros homme, si véritablement nous étions condamnés, Bénédict et moi, au Ringuet forcé, pendant tout le cours de notre voyage?... Une secousse assez violente me tira de mon demi-assoupissement. Le convoi s'arrêtait.

— Damery! Damery! criait un garde-frein.

Je rouvris les yeux. J'aperçu à ma gauche M. Ringuet penché sur son sac de nuit, et y cherchant, sans doute, son vin, ses petits pâtés ou ses cartes... Son vin, ses pâtés et ses cartes, peut-être, le misérable! Bénédict était debout devant moi; il avait ouvert la portière; il me saisit par le bras:

— Venez! murmura-t-il.

Et il sauta à terre, m'entraînant avec lui.

J'avais deviné son dessein; à tout prix, même au risque de voyager en troisièmes, il nous fallait fuir le Ringuet! Heureusement, le ciel a pitié parfois des infortunés. Nous aperçûmes une voiture de seconde classe entièrement libre; nous nous y précipitâmes. La portière hermétiquement close sur nous, nous poussâmes en même temps, Bénédict et moi, un soupir de soulagement. Le convoi s'apprêtait à se remettre en marche.

L'homme est insatiable dans ses désirs. Certain maintenant d'avoir échappé à notre bourreau, je voulus regarder au dehors, pensant apercevoir la tête du Ringuet, tout consterné sans doute de notre fugue... Bénédict, dont seulement alors la physionomie bouleversée me frappa, me retint comme j'allais faire glisser une vitre dans ses charnières.

— Non, non! dit-il; par grâce, ne vous montrez point! Il serait capable de nous rejoindre à la première station... Et, cette fois, je n'aurais pas autant de patience que j'en ai eu jusqu'ici... je l'étranglerais!

Bénédict avait prononcé ces mots d'un ton rien moins que plaisant; loin de là; son accent vibrait d'une émotion qui tenait en même temps de la fureur et du chagrin. Cette émotion, jointe à la pâleur qui couvrait ses traits, avait lieu de m'étonner.

— Il n'est pas possible, Bénédict, m'écriai-je presque inquiet, ce ne sont pas les bavardages de ce fabricant de mousse qui vous ont troublé de la sorte!

Bénédict sourit tristement.

— En effet, répliqua-t-il, il y aurait niaiserie de ma part à m'émouvoir si vivement des propos d'un imbécile!... Mais ces imbéciles ont ce double tort, souvent à force d'être bêtes, de vous blesser au cœur après vous avoir blessé l'esprit!

— Allons donc! Ah! je comprends! M. Ringuet aura maladroitement prononcé devant vous un nom.

— Qui a évoqué en moi de sombres souvenirs; vous y êtes, mon ami.

— Et ce nom?

— Ce nom est celui du comte de Châteaulin. Tenez, Spindler, nous avons quelques heures à nous; voulez-vous que je vous conte une des aventures les plus étranges de ma vie? une histoire d'amour divisée en trois parties, trois époques, et dans laquelle vous trouveriez peut-être matière à un roman que vous intituleriez : les *Baisers maudits*.

— Les *Baisers maudits!* Diable! voilà un titre bien noir pour une histoire d'amour!

— Rassurez-vous; en dépit de son titre, le roman dont je vous offre de vous fournir le sujet n'aurait rien qui se rapprochât du genre d'Anne Radcliffe ou de Lewis! Je n'ai encore assassiné personne, mon cher Spindler!

— Hum! En êtes-vous bien sûr? Un homme qui regrettait tout à l'heure de n'avoir point jeté un importun sous les roues d'un convoi!

Bénédict sourit de nouveau.

— Enfin, reprit-il...

— Enfin, interrompis-je, que votre histoire soit terrible ou joyeuse, je vous écoute, Bénédict.

— Bien! Un dernier mot cependant avant d'entamer ma narration. Croyez-vous au fatalisme, Spindler?

— Pourquoi n'y croirais-je pas? Je ne suis qu'un petit, un très-petit, et des grands, de très-grands, y ont bien cru! Voltaire n'a-t-il pas écrit *Zadig?* Diderot, *Jacques le Fataliste?* Victor Hugo n'a-t-il pas gravé, au Frontispice de sa *Notre-Dame de Paris* son sinistre ἀνάγκη? Quand on voit tant de maux physiques et moraux sur la terre sans pouvoir en concilier l'existence avec la bonté et la toute-puissance divines, il faut bien, malgré soi, s'incliner devant une influence mystérieuse. Oui, oui, cent fois oui, je crois, en ce monde, aux heureux comme aux malheureux par *prédestination*. Donc, si dans le récit que vous avez à me faire, Bénédict, vous éprouvez quelques tendances à justifier une doctrine qui m'est sympathique, ne vous gênez pas, mon ami; c'est un auditeur convaincu d'avance qui vous y invite.

. . . .

Bénédict commença en ces termes :

IV

— Peut-être avez-vous entendu parler, il y a une huitaine d'années, d'une fille qui se nommait Virginie Mercier et qui répondait, dans le monde interlope où elle vivait, au sobriquet de *Passe-Lacet?*

— Passe-Lacet! Mais oui, vraiment, j'ai beaucoup entendu parler d'elle autrefois; je l'ai même rencontrée, si je ne me trompe, dans un de ces bals publics que je fréquentais alors, comme tout jeune homme à la recherche des plaisirs faciles. C'était une grande et belle créature à l'œil ardent, au teint brun, à la chevelure luxuriante. Des extrémités fines et distinguées; un type de Parisienne entée sur Espagnole. On l'appelait *Passe-Lacet* parce qu'elle avait une taille à désespérer une guêpe.

— C'est bien cela.

— Elle était... de son état officiel... choriste au théâtre de l'Opéra-Comique.

— C'est bien cela.

— Et... si j'ai bonne mémoire encore, elle finit d'une façon assez triste. Elle se tua, dit-on, de douleur d'avoir été congédiée par un amant qu'elle adorait?

Cette fois Bénédict ne me répondit pas; un léger tressaillement de ses muscles faciaux me donna seul à entendre que, sans le vouloir, je venais de déflorer le dénouement de la première partie de son histoire. Il reprit au bout de quelques secondes :

— Passe-Lacet, ou plutôt Virginie Mercier tout simplement, — à quoi bon affubler une ombre d'un surnom plus ou moins injurieux? — Virginie Mercier fut ma première maîtresse. J'avais dix-neuf ans lorsque je fis sa connaissance au bal Mabille; elle approchait alors, elle, de sa vingt-sixième année, et elle était encore toute fraîche et toute jolie. Cependant, son premier pas dans le pays des amours datait de loin déjà, suivant la chronique scandaleuse. Mais on remarque ainsi, parmi les femmes galantes, de ces natures exceptionnelles qui passent au milieu de toutes les flammes sans y laisser un cheveu, sans y prendre une ride. Virginie était du nombre de ces natures privilégiées. Elle avait vécu... oh! beaucoup vécu, sans doute! Elle n'avait point vieilli. Je devins l'amant de Virginie Mercier comme tant d'autres, avant moi, étaient devenus ses amants : pour lui avoir débité quelques folies qui la firent rire... pour avoir dansé ou valsé cinq ou six fois de suite avec elle; pour lui avoir offert un rafraîchissement quand elle avait chaud! Peut-être encore parce que, lorsque je lui dis : « Voulez-vous m'aimer? » et qu'elle me répondit : « Je le veux bien, » celui qui lui avait adressé, huit ou quinze jours auparavant, la même question, et auquel elle avait octroyé la même réponse, n'était pas au bal ce soir-là!... Quoi qu'il en fût, j'étais bien fier et bien heureux quand, au sortir de Mabille, je criai au cocher du modeste fiacre qui allait nous emporter, Virginie et moi, vers ma demeure :

— Rue d'Enghien! rue d'Enghien, 27.

Je soupçonne même que mon orgueilleuse joie n'échappa point à Virginie, car elle me dit en souriant :

— Mon Dieu! comme vous avez crié cela au cocher! Il semblerait que vous le croyiez sourd!

— Sourd, non... mais je puis le croire maladroit.

— Comment, maladroit?

— Sans doute; j'admets qu'il n'eût pas entendu, ou qu'il eût mal entendu mon adresse...

— Eh bien?

— Eh bien! autant de minutes passées par lui à nous promener dans les rues, autant de minutes perdues pour moi.

— Perdues!

— Mais oui, perdues!... Assurément, nous sommes bien seuls, en cet instant, dans cette voiture! Assurément, je puis vous dire et vous répéter maintenant, à mon aise, combien je vous aime!... Mais chez moi ne serons-nous point mille fois plus seuls encore! Chez moi, ne pourrai-je pas mille fois mieux encore vous dire et vous répéter que vous êtes bonne, charmante, jolie! et que je vous aimerai toujours?

Virginie m'écoutait en continuant de sourire.

— Quel âge avez-vous, Bénédict?

— Dix-neuf ans.

Elle hocha la tête.

— Gamin! fit-elle.

— Gamin! repris-je un peu froissé; est-ce donc que vous regrettez déjà...

Virginie me mit la main sur la bouche.

— Ne disons pas de bêtises, s'écria-t-elle. D'abord, sachez-le bien, je ne regrette rien! Ensuite, pourquoi regretterais-je quelque chose? Si vous ne m'aviez pas plu, si vous ne me plaisiez pas, qu'est-ce qui m'aurait forcée à... m'en aller avec vous? Si je vous demande votre âge, c'est que... je pensais... que je suis bien vieille déjà, moi, pour être votre maîtresse.

— Bien vieille! Avouez donc plutôt que vous me trouvez trop jeune pour être votre amant! Un gamin, ça se prend, peut-être, mais ça ne se garde pas! n'est-il pas vrai? Voilà ce que vous pensez.

Virginie haussa les épaules.

— Eh bien ! reprit-elle gaiement, nous verrons qui des deux quittera l'autre.

— Oui ! nous verrons ! repartis-je, en couvrant de baisers des doigts blancs et roses que je crus sentir frémir au contact de mes lèvres.

V

Le petit appartement que j'occupais rue d'Enghien était meublé, sinon avec luxe, du moins avec quelque élégance; son aspect parut causer à Virginie une impression des plus favorables. En entrant dans mon atelier, surtout, — un atelier d'artiste au début, et d'artiste qui possède un père qui ne lui refuse rien; autrement dit, un atelier tenu comme le boudoir d'une petite maîtresse, — Virginie s'écria :

— Oh! c'est gentil, ici!

— Vous trouvez? répliquai-je.

— Oui, c'est très-gentil!

— Alors, vous ne vous ennuierez pas trop?

— Mais certainement, que je ne m'y ennuierai pas! Qu'il est drôle! Ne dirait-on pas, d'ailleurs, que nous sommes mariés et que nous allons désormais vivre attachés par une ficelle!

— Sans être attachés par une ficelle, il est bien permis, quand on s'aime, de se séparer le moins possible! Qui vous empêcherait, par exemple, dans la journée, de venir passer une heure ou deux avec moi? Je ferais votre portrait pendant que vous travailleriez.

— Pendant que je travaillerais... à quoi?

— Que sais-je? vous broderiez, vous feriez de la tapisserie.

— Eh bien! et mon théâtre, et mes répétitions?

— Votre théâtre ne vous prend pas tout votre temps, je crois?...

A en juger par les soirées que je passe à Mabille, n'est-ce pas? Ah! il est certain que je ne me gêne guère avec mon métier! Mais, c'est plus fort que moi! j'ai besoin, de temps en temps, de grand air, de liberté! D'ailleurs, ils ne sont pas méchants, à l'Opéra-Comique! Ils me connaissent si bien! J'y vais, bonjour; je n'y vais pas, bonsoir; et voilà près de six ans que cela dure comme ça. Seulement, la moitié de mes appointements file en amendes! Dame! l'administration est dans son droit, je n'ai rien à réclamer! Qu'est-ce que ce tableau-là? c'est de vous?

Virginie s'était arrêtée devant mon chevalet.

— De moi, répliquai-je, en m'empressant d'aller prendre une bougie pour éclairer mon œuvre; de moi, entendons-nous! C'est une copie d'après Léon Cogniet, mon maître.

— Ah! vous avez encore un maître! C'est juste! A dix-neuf ans, on a besoin encore de leçons, n'est-ce pas?

Virginie me regardait malicieusement du coin de l'œil.

— Et ça représente, ce tableau? reprit-elle, tandis que je cherchais vainement quelque finesse à lui répondre.

— Ça représente le Tintoret peignant le portrait de sa fille morte.

— Qu'est-ce que le Tintoret?

— Un grand peintre italien.

— D'il y a longtemps?

— Oh! d'il y a fort longtemps.

— Et il a vraiment eu le courage de peindre ainsi le portrait de sa fille morte?

— Mon Dieu, oui! Il l'adorait! C'était bien le moins qu'il conservât un souvenir de sa pauvre Marietta!

— Ah! elle se nommait Marietta! De quoi est-elle morte?

— On ne le dit pas.

Virginie contemplait curieusement la toile; tout à coup, passant à un autre ordre d'idées, avec cette mobilité d'esprit familière aux femmes, en général, et aux lorettes, en particulier, elle courut vers un piano qu'elle aperçut, en criant :

— Tiens! vous êtes musicien aussi, Bénédict. Vous avez donc tous les talents? Jouez-moi une polka.

— Volontiers, à condition que vous me chanterez quelque chose ensuite, vous!

— Chanter, moi! Merci je ne chante que sur mon théâtre, ça me suffit.

— Vous n'aimez donc pas la musique?

— Pardon! Et c'est précisément parce que je l'aime que je me garde d'écorcher, en petit comité, les oreilles de mes amis.

Voyons! cette polka, bien vite.

J'obéis aux ordres de Virginie; j'exécutai tant bien que mal une polka de *Quidant*. Tant bien que mal. A quoi bon me donner grand'peine? Pendant que je jouais, Virginie feuilletait, sans m'écouter, un recueil de mélodies de Schubert. Je jouais encore que, plaçant l'*Adieu* devant moi, sur le pupitre, elle me dit :

— Jouez-moi ça maintenant. On m'a assuré que c'était très-joli.

— C'est très-joli, en effet, mais ça se chante, ça.

— Eh bien! chantez-le.

— C'est que...

— C'est que quoi? Vous avez peur, peut-être? Vous êtes timide!

— Je n'ai pas peur, mais, comme j'ai fort peu de voix...

— Je ne vous prie pas non plus de réveiller les voisins! Ah! je devine. Monsieur fait des façons pour me punir de l'avoir refusé tout à l'heure! Mais, vilain, si je ne chante pas, moi, c'est tout simplement parce que je ne sais pas chanter! Oh! je ne mens pas, parole! Je ne connais même pas mes notes.

— Et vous êtes choriste à l'Opéra-Comique?

— Et puis, d'où sortez-vous? Il y en a bien d'autres de ma force, dans les chœurs! Vous imaginez-vous que, pour quarante-cinq ou cinquante francs qu'on nous donne par mois, nous devons *rossignoler* comme des *Damoreau*, des *Ugalde*? On nous serine notre partie; lorsqu'elle nous est entrée dans la tête, nous la répétons, comme des machines... Ça n'est pas plus difficile que ça.

LES BAISERS MAUDITS

PAR HENRY DE KOCK.

L'aspect d'une salle resplendissante de lumière. (Page 14).

Allons ! l'*Adieu !* l'*Adieu !* Et pas de genre ! pas de rancune, ou je me fâche !

Virginie s'était assise près de moi... tout près de moi... Je chantai, m'attendant à ce que la folle allait, au beau milieu d'un couplet, m'interrompre pour me demander le *Clair de la lune* ou l'air de *Drinn drinn*. Mais non ! Dès la ritournelle de la délicieuse mélodie, Virginie était devenue religieusement attentive. A la dernière mesure, elle s'écriait, en m'embrassant :

— Ah ! comme tu chantes bien ! Que j'aime ta voix ! Chante ! chante toujours ! Je t'en prie !

. . . .

A deux heures du matin, nous étions encore au piano, Virginie et moi... mais...

Mais j'ai expérimenté plusieurs fois, depuis, dans d'autres liaisons, comme je l'expérimentai cette fois avec Virginie, qu'en amour, pour faire feu qui dure, tout dépend de la première étincelle.

VI

Comme nous nous aimions !

Je l'aimais, moi, parce qu'elle était jolie ! joyeuse... aimable ! Je l'aimais, eh ! mon Dieu ! Je l'aimais, parce qu'elle était la première femme qui m'eût appris à épeler ce doux verbe : *aimer !* Elle m'aimait, elle, parce que j'étais jeune, ardent, passionné ! Elle m'aimait, parce que, dans mes bras, tout entière au présent, elle oubliait le passé et ne songeait point à l'avenir ! Elle m'aimait, surtout, j'en suis certain, parce qu'elle avait la conscience qu'elle était mon premier bonheur !

Les premiers temps de nos amours, — trois semaines environ, — s'écoulèrent comme des minutes ; ces trois

Imprimé par Ch. Noblet, rue Soufflot, 18.

semaines durant, nous nous séparâmes à peine quelques heures! En différents voyages faits de compagnie, de la rue d'Enghien à la rue de la Victoire, où Virginie demeurait, nous avions rapporté, petit à petit, chez moi, son linge, ses robes, ses chaussures; — il fallait bien qu'elle pût s'habiller quand nous sortions. — Et j'avais installé tout cela dans ma commode, dans mes armoires, comme si tout cela y dût rester éternellement. Je n'allais plus à l'atelier; elle n'allait plus à son théâtre. Le soir seulement, lorsque sonnaient six heures, tourtereau gémissant, je quittais ma tourterelle. En me jetant, bien jeune encore, la bride sur le cou, parce qu'il pensait qu'un artiste a besoin, plus tôt que tout autre, d'apprendre la vie par la pratique, mon père, qui tenait néanmoins à se rendre compte de la façon dont j'userais de ma liberté, avait exigé que, sauf les cas d'empêchements majeurs, je continuasse de dîner chaque jour à sa table. Un système de surveillance qui n'avait rien de bien rigoureux. Or, tout amoureux que je fusse, j'avais conservé le respect filial. Je gémissais donc... mais, chaque soir, j'allais dîner chez mon père. Au surplus, je me souviens qu'un soir où, plus désolé que de coutume à la pensée de m'éloigner de Virginie, je m'écriais, disposé à faire faux bond au rosbif paternel :

— Bah! pour une fois par hasard!

Je me souviens, dis-je, que Virginie, prenant un maintien sévère, me répliqua :

— Et moi, monsieur, même pour une fois, par hasard, je ne veux pas que vous manquiez à votre devoir, entendez-vous! Votre père vous attend; il serait inquiet s'il ne vous voyait point. Allez!

Pauvre chère fille! Elle dînait seule sur un coin de table, dans mon atelier, pendant que je me nourrissais au sein de ma famille! La cuisine d'un infime restaurant du quartier, — je n'avais pas la bourse assez bien garnie pour charger *Véfour* ou *Vachette* de ce soin, — était la pourvoyeuse habituelle des dîners de ma maîtresse, ainsi que de nos déjeuners. Quand je revenais de chez mon père, je trouvais Virginie assise près d'une fenêtre et travaillant à une paire de pantoufles en tapisserie, — ouvrage de patience qu'elle avait entrepris à mon intention, rien que pour m'être agréable, sans doute, car elle maniait assez gauchement l'aiguille. S'il faisait beau alors, lançant au loin le canevas, je passais le bras de Virginie sous mon bras, et nous allions nous promener... au Jardin des Plantes, ou au Luxembourg... comme un étudiant et une grisette de première année. Du jardin Mabille et de ses récréations chorégraphiques, — sans nous être jamais concertés pourtant, à ce sujet — il n'était jamais question entre nous. Virginie comprenait, je pense, d'instinct, que cela pourrait lui nuire dans mon cœur de me trouver avec elle, maintenant, dans ce lieu où tout le monde, habitués, musiciens, contrôleurs, et jusqu'au magicien, jusqu'à l'employé au bureau des cannes!... lui disait : « Bonjour! Comment vas-tu? » D'instinct aussi, sans doute, je devinais qu'il en est de certaines amours comme de certaines fleurs, qu'il est prudent de laisser à l'ombre pour les conserver fraîches et embaumées. Le temps était-il mauvais, incertain, nous restions *chez nous* à lire, ou à *pianoter*. Le roman favori de Virginie était *Manon Lescaut*... cette devancière, je pourrais dire ce modèle de la fameuse *Dame aux Camélias*. Sa musique de prédilection était toujours celle de Schubert. A minuit, minuit et demi, au plus tard, monsieur et madame se retiraient dans leur chambre à coucher... où souvent, bien souvent, les premiers rayons du matin, filtrant par-dessous les persiennes, les surprenaient, les yeux encore ouverts, et causant...

De quoi causions-nous?

Eh! de ce dont on cause toujours, et sans cesse, sans se lasser lorsqu'on s'aime : d'amour!

VII

Un soir qu'il pleuvait, on sonna à notre porte; j'allai ouvrir; un de mes amis, que je n'avais pas vu depuis un mois, entra.

Cet ami se nommait Prosper Millet; il avait été mon camarade de collége; il était maintenant mon camarade d'atelier. Il revenait d'un petit voyage en Bourgogne, où il avait quelques parents.

En apercevant une femme chez moi... — Mais, avant de continuer, deux mots encore sur Prosper Millet et son caractère, cela est indispensable.

Prosper Millet avait vingt-deux ans à cette époque, trois ans de plus que moi; au physique, c'était un grand et assez beau garçon, brun, bien bâti, vigoureux; au moral, c'était un esprit droit, un cœur d'or. Il m'aimait beaucoup, et, chose curieuse, l'affection qu'il me portait provenait surtout de la supériorité qu'il me reconnaissait sur lui. Cette supériorité, loin de lui peser, semblait au contraire lui être agréable. Ainsi, au collége, il avait toujours été le premier à m'encourager au travail et à applaudir à mes succès, et depuis que nous nous livrions ensemble à l'étude de la peinture, il était le premier encore à vanter mes progrès, les exaltant même, souvent, au-delà de leur valeur réelle. D'un tempérament assez mélancolique d'ailleurs, Prosper Millet n'avait guère d'autre société que la mienne; le théâtre, le bal, la promenade ne l'amusaient point. Mieux organisé pour la musique que pour la peinture, il employait les soirées qu'il ne passait pas avec moi à composer des airs qu'il jetait au feu presque aussitôt après les avoir écrits. Enfin, dernier trait de cette esquisse du caractère de Prosper Millet : il avait la passion des antiquités, et dépensait les trois quarts de la rente que lui faisait sa famille en achats imprudents de babioles moyen-âge; imprudents, car, quatre fois sur cinq, les marchands de bric-à-brac, si habiles par état à discerner l'amateur pur sang du faux connaisseur, vendaient fort cher à notre *Dusommerard*, à notre *Sauvageot* au petit pied, des drogues qu'il acceptait de confiance pour des trésors.

Ceci dit, afin de vous donner une idée de la nature de mes relations avec Prosper Millet, relations dans lesquelles, tout naturellement, d'après ce que je viens de vous expliquer, j'occupais la place dominante, — quoique, le plus souvent, j'y jouasse le rôle de dominé ; ceci dit, — je reprends mon récit.

En apercevant une femme chez moi, Prosper Millet avait fait une légère grimace. Cette particularité ne m'échappa point. Cependant il salua respectueusement Virginie. Mais, à mon sens, le salut ne rachetait pas la grimace.

— Te voici de retour ? dis-je à Prosper, du même ton que je lui eusse dit : « Tu pouvais bien rester où tu étais ! »

L'expression de ma voix était claire, je suppose, car il répliqua en balbutiant :

— Oui ; je te gêne peut-être ?

J'hésitais à répondre...

— Pourquoi nous gêneriez-vous, monsieur ? dit vivement Virginie ; nous lisions quand vous êtes entré... et nous avons tout le temps de lire !

D'un regard, dont je lui sus gré, Prosper remercia Virginie de lui être venue en aide.

— Et ton voyage s'est-il bien passé ? repris-je d'un ton plus gracieux.

— Très-bien.

— Qu'as-tu fait en Bourgogne ?

— Mais ce que l'on fait en province. J'ai mangé souvent et beaucoup, je me suis un peu promené, ennuyé énormément.

— Et la peinture ?

— Oh ! la peinture... J'ai brossé quelques ébauches entre mes repas ! C'est très-mauvais, comme d'ordinaire !

— Vous êtes trop modeste, j'en suis sûre, monsieur, dit Virginie.

— Modeste ! Vous vous trompez, madame, repartit Prosper, je ne suis que juste. Non, vraiment, ce n'est point par modestie que je parle ainsi ; je vous jure, au contraire, que, si j'étais de ceux qui n'ont qu'à vouloir pour pouvoir, je ne me ferais pas faute d'avoir mes moments d'orgueil... légitime. Il est vrai que ceux-là, les intelligents, les bien doués, ne savent pas toujours non plus apprécier leurs avantages, et qu'au lieu de profiter vaillamment de ces avantages, ils s'arrêtent volontiers en chemin... au moindre obstacle... à la moindre distraction.

Un soupir, qui me rappela sa grimace, couronna cette tirade de Prosper.

— Oh ! oh ! pensai-je, est-ce que cet animal-là tomberait ici pour y faire le mentor ?...

Et tout haut :

— Permets, mon bon ami, repris-je sèchement, tout ce que tu nous dis là peut être très-profond, mais tu oublies que les femmes s'entendent peu aux questions philosophiques, et que, si tu continues, madame risque fort de s'endormir. Au lieu de nous débiter des rengaines à propos de peinture et d'intelligence, mets-toi donc au piano, cela vaudra mieux. Si tu n'as rapporté que des croûtes de ton pays, tu en auras rapporté aussi, j'espère, comme compensation, une ou deux chansonnettes originales !

Sans paraître offensé de la manière impertinente dont je l'invitais à abandonner la conversation pour la musique, Prosper se levait, prêt à m'obéir. Mais Virginie s'était levée ainsi que lui. Depuis un instant ma maîtresse était rêveuse.

— Attendez, je vous prie, monsieur, fit-elle.

Et, venant à moi :

— Je souffre un peu de la tête, ce soir, Bénédict ; si cela ne te contrarie pas, je te laisserai causer avec monsieur, et je me coucherai.

— Mais... nous écriâmes-nous en même temps, Prosper et moi, mus, lui, par le regret, moi, par la colère.

— Mais, me dit tout bas Virginie, votre ami a à vous parler... je veux que vous l'écoutiez... convenablement. Mais, reprit-elle en adressant un salut amical à Prosper, un autre jour, demain, s'il vous plaît, monsieur, nous passerons la soirée ensemble ! Et vous verrez que, lorsque je n'ai pas la migraine, je ne suis ni plus maussade ni plus capricieuse qu'une autre. Au revoir, monsieur.

VIII

La porte de la chambre à coucher s'était à peine refermée sur Virginie, que, peu soucieux des recommandations bienveillantes de ma maîtresse, je bondis vers Prosper. Victime résignée, Prosper attendait le choc, le front baissé.

— Voyons, lui dis-je, en mettant néanmoins une sourdine à mon organe, pour que Virginie ne pût m'entendre, tu vas m'expliquer maintenant, je pense, ce que signifient ta mine renfrognée, tes paroles à double sens !

— Je t'expliquerai tout, Bénédict, répondit Prosper, mais à condition que tu me promettras de ne pas te fâcher.

— Je n'accepte pas de conditions !

— Alors je ne te dirai rien.

— Eh bien ! tu ne me diras rien, je m'en moque ! Mais comme alors, aussi, il est absolument inutile que tu restes avec moi...

— Je m'en irai ! Oh ! je m'en vais tout de suite, tiens.

Prosper avançait la main vers son chapeau.

— Mais c'est stupide ! repris-je en saisissant brusquement cette main, c'est stupide ! Je ne veux pas que tu t'en ailles ! Qu'y a-t-il ? Parle ? Je l'exige. Et, d'abord, de quand es-tu revenu à Paris ?

— De ce matin.

— De ce matin ! Et dans quel champ d'orties as-tu donc marché, depuis ce matin, que tu m'arrives ainsi hérissé comme un porc-épic ?

— Je suis hérissé, moi ? Par exemple !

— Allons donc ! Est-ce que je ne te connais pas ? Sois franc. Tu es allé à l'atelier ?

— Oui.

— Ah ! Et l'on t'y a dit ?

— On m'y a dit que, depuis trois semaines, tu n'y avais pas mis le pied.

— C'est possible. Et qui est-ce qui t'a dit cela ?

— M. Cogniet lui-même, qui est furieux contre toi.

— Ah ! M. Cogniet est furieux ! Il a bien du temps à perdre !

— Cela lui est plus permis qu'à toi, du moins.

— Assez ! Bref ! tu es allé à l'atelier, tu as vu M. Cogniet... qui est furieux... Et c'est pour cela...

— Et c'est pour cela, eh bien ! oui, c'est pour cela qu'au lieu de venir ici tout content, j'y suis venu tout chagrin. C'est pour cela qu'en trouvant cette dame chez toi, cette dame qui...

— Tais-toi, hein !

— Que je me taise ! Mais, non, je ne me tairai pas. Je suis lancé, je ne m'arrête plus ! Après tout, quand cette dame m'entendrait... elle a l'air bon, cette dame, et elle n'a pas l'air bête... et si c'est elle qui est la cause — involontaire, j'en suis sûr, — que tu ne travailles plus, je gagerais aussi qu'en apprenant le tort que cela te fait, elle serait la première à te gronder et à te donner de sages conseils. Mon Dieu ! que tu aies une maîtresse, Bénédict, il n'y a pas de mal à cela; tu n'es pas une vestale, je le sais bien; mais le mal, c'est que, pour cette maîtresse, tu négliges ton art, ton avenir ! le mal, c'est que tu laisses les autres te grimper sur le dos ! — Oh ! ils sont assez enchantés, va, les Ribourg, les Flamet, les Chamerolles... toute la bande de l'atelier, quoi ! de ne plus t'y voir ! — Le mal, c'est que le maître, qui t'estimait, ne t'estime plus ! Le mal, enfin, c'est que ton père découvre un de ces matins le pot aux roses, et se fâche tout rouge ! Allons, mon petit Bénédict, n'ai-je pas raison? Et suis-je si méchant, si sot, si désagréable, si frotté aux orties, d'être accouru pour te dire tout cela ?

Prosper se taisait, mais ses yeux de caniche me parlaient encore.

— Calme-toi, lui dis-je gaiement, en lui tirant la moustache; calmez-vous, seigneur Tiberge, je me rends à vos observations; je suis dans mon tort, je le confesse : demain, j'irai à l'atelier, je vous en donne ma parole.

Prosper sauta de joie.

— A la bonne heure, fit-il. A présent, je pars tranquille. Et demain, demain soir, pour me faire pardonner par ta petite femme... qui est très-gentille, tu sais, très-gentille !... — Où donc l'as-tu rencontrée, hein ?

— Nous causerons de cela un autre jour.

— Bon ! Pardon ! Demain soir, je lui offrirai un vase en vrai Saxe, que j'ai acheté dans mon pays. Je le destinais à ma sœur... ma sœur s'en passera ! Bah ! il faut bien que je me mette dans les bonnes grâces de *madame Bénédict*, pas vrai ? Ah ! toi, je t'apporterai mes croûtes... ce sera ton châtiment ! tu verras ! il y a, entre autres, un intérieur de ferme !... Hum ! M. Cogniet voulait absolument que ce fût une carrière à plâtre ! Ah gredin ! c'est toi qui aurais eu de belles études à faire si tu étais venu là-bas avec moi ! Des types de femmes ravissants ! Du reste, monsieur, vous n'aviez pas besoin de vous déranger pour trouver ça !... je le reconnais humblement ! Enfin ! à demain, à l'atelier, n'est-ce pas? Bonsoir.

Prosper était parti. En revenant de le reconduire, j'aperçus Virginie assise près du seuil de la chambre à coucher; elle n'était pas même déshabillée.

— Et cette migraine ? m'écriai-je en courant à elle, nous avons donc menti ? Nous voulions seulement pouvoir entendre, à notre aise, tout ce que M. Prosper Millet avait à me dire ?

Virginie inclina la tête.

— Et j'ai tout entendu aussi, fit-elle.

— Et puis ? Tu sais alors que j'ai promis à Prosper de rentrer dès demain à l'atelier. Qu'en penses-tu ?

— Je pense que M. Prosper est un brave et digne garçon.

— Pourtant, si je retourne à l'atelier tous les jours, ainsi que je m'y suis engagé... que feras-tu, toi, pendant ce temps-là ?

— Pendant ce temps-là... j'irai à mes répétitions.

— A tes répétitions... ah !... Mais si tu vas à ton théâtre dans la journée, tu iras donc aussi le soir ?

— Dame ! un peu plus tôt, un peu plus tard, ne faudra-t-il pas toujours que j'en revienne là ?

— Mais, avec ton théâtre et mon atelier, nous ne pourrons plus nous voir jamais, alors !

— Oh ! il nous restera la nuit !

Je ne répondis rien, mais je détournai les yeux; la façon dégagée dont Virginie acceptait notre changement d'existence m'affectait.

— Eh bien, non ! non ! reprit Virginie, m'attirant sur ses genoux comme fait une mère de son enfant, puisque cela te chagrine, mon Bénédict, je ne retournerai pas à mon théâtre. Je n'y retournerai ni le matin, ni le soir, entends-tu ! Si je te parlais de cela, c'est que... je craignais...

— Tu craignais ?

— Des bêtises qui m'avaient passé par la tête ! Tu m'aimes toujours, dis? Cela ne t'ennuie pas encore que je demeure chez toi ? Je ne te coûte pas trop cher... comme temps et comme argent ?

— Comme argent ! méchante ! Je dépense moins depuis que nous sommes ensemble. Comme temps ! est-ce que tu m'empêches de travailler ?

— Je t'en empêchais, oui; mais M. Prosper l'a deviné... c'était sans le savoir ! C'est toi qui es un méchant, tu m'avais caché...

— Chut ! le crime est réparé, ne revenons point là-dessus ! Je reprends le collier d'esclavage demain, c'est convenu !... Mais toi ?

— Moi, je garde le collier d'amour, c'est convenu aussi !

IX

Somme toute, j'étais plutôt reconnaissant que mécontent de la démarche de Prosper. Depuis trois semaines, souvent, tourmenté par de vagues remords au sein de mon oisiveté, je m'étais dit tout bas ce que Prosper m'avait dit tout haut. La crainte de déplaire à Virginie, de la perdre, peut-être, en lui avouant que je n'étais pas entièrement libre, m'avait seule retenu, jusque-là, dans mon désir de me remettre au travail. Il m'était permis de mener de front, désormais, le travail et l'amour! L'empereur n'était pas mon cousin.

Fidèle à sa promesse de ne rien changer, de son côté, dans nos habitudes, si j'étais forcé, pour ma part, d'y apporter quelques modifications, Virginie, que j'y fusse ou que je n'y fusse point, continuait de ne point bouger de notre nid. C'étaient quelques heures de plus d'isolement qu'elle avait à passer chaque jour; elle employait ces heures en petits soins de toutes sortes pour notre ménage. Mon concierge, auquel je donnais vingt francs par mois pour s'occuper de l'entretien de mon appartement, avait jusqu'alors jugé commode de gagner son argent sans se gêner; se gêne-t-on avec un garçon? Depuis que Virginie avait élu domicile rue d'Enghien, c'était différent; grâce à sa surveillance, tout était rangé, soigné, frotté, brossé maintenant, *chez nous*, comme dans un intérieur hollandais. Et M. Benoît, mon susdit concierge, se montrait d'une soumission, d'une complaisance, d'un zèle à l'égard de *Madame!* Jamais une observation! jamais un mouvement d'impatience! Le drôle savait bien ce qu'il faisait! S'il avait deux maîtres, à présent, en revanche il avait doubles, triples profits. J'ai appris de bonne heure que, lorsqu'on a besoin de certaines gens, il est sage de les payer sans marchander.

Le soir nous trouvait, Prosper, Virginie et moi, réunis dans l'atelier. L'automne approchait, le froid commençait à se faire sentir. Assis tous trois devant la cheminée, nous devisions, ou nous nous livrions à une partie classique de loto. — Virginie raffolait du loto. — La musique continuait d'être une des principales occupations de nos soirées. A la longue, comme dirait l'affreux Ringuet, — Virginie avait fini par consentir à me prouver qu'elle avait une voix très-agréable, elle chantait des romances... qu'il m'avait fallu lui *seriner*, il est vrai, comme on lui serinait sa partie dans les chœurs à son théâtre. Virginie chantait donc; je chantais; Prosper chantait; nous chantions tous. Montrez-moi un trio plus assorti!

De temps à autre encore nous allions au spectacle; je dis nous, Virginie et moi, car je vous ai prévenu que Prosper n'aimait pas le théâtre. Mais Virginie l'aimait beaucoup, elle... presque autant que le loto!... Je n'étais pas fâché non plus, quand on donnait quelque pièce nouvelle, d'aller la voir. En ces occasions, nous faisions partie complète. Je prévenais mon père, la veille, que j'étais invité à dîner pour le lendemain chez un de mes amis, et, avant de nous rendre *à la comédie*, j'emmenais Virginie dîner chez *Bonvalet* ou chez *Passoir*... — dans un cabinet, toujours dans un cabinet! Nous nous accommodions trop bien de notre société pour accepter celle de tout le monde!

Nos théâtres ordinaires étaient la Porte-Saint-Martin, l'Ambigu-Comique et la Gaîté; les théâtres de mélodrames; — le mélodrame plaît aux amoureux. — J'envoyais, dans la journée, M. Benoît nous louer une baignoire... — Nous tenions à être seuls pour pleurer comme pour manger! — Et, blottis dans l'ombre, pendant six heures consécutives, nous avalions, sans en perdre une syllabe, la prose de M. Anicet Bourgeois ou de tout autre Dennery.

Décidément, l'amour vous rend capable de tous les héroïsmes!

X

Il y avait maintenant trois mois que j'étais l'amant de Virginie, et, sauf le nuage passager occasionné par les remontrances subites de Prosper à propos de mon accès de paresse, notre liaison n'avait pas encore été troublée par une douleur, un regret, une larme!

Hélas! douleurs, regrets, larmes, tout cela commençait pourtant à poindre à l'horizon.

On donnait alors, au théâtre de la Porte-Saint-Martin, une pièce qui faisait grand bruit; elle était signée Alexandre Dumas, et interprétée par un comédien distingué : Mélingue, je crois. Naturellement, je songeai à procurer à Virginie le plaisir d'applaudir la nouvelle œuvre de l'auteur de la *Tour de Nesle* et de *Mademoiselle de Belle-Isle*. Ce soir-là, je m'en souviens, Virginie étrennait une toilette d'hiver dont je lui avais fait cadeau récemment. Robe, chapeau, pardessus, tout était tout battant neuf. Nous touchions à la fin de novembre; il gelait, une petite gelée d'hiver qui s'essaie. Serrés l'un contre l'autre, nous trottions, de notre pied léger, par les boulevards, vers le théâtre.

A la hauteur, à peu près, du bazar Bonne-Nouvelle, trois jeunes hommes, marchant en sens inverse de notre côté, se jetèrent presque sur nous. Ces messieurs sortaient de quelque festin, je suppose, car ils paraissaient de très-bonne humeur : se tenant tous trois par le bras, de manière à intercepter le milieu du trottoir; parlant haut, gesticulant, riant à gorge déployée, et chassant au nez de tous les passants, sur leur route, la fumée de leur cigare. En les voyant venir à nous, j'avais, par un mouvement machinal, incliné, avec Virginie, vers un bas côté du boulevard; mais, soit que notre manœuvre n'eût pas été opérée avec assez d'habileté, soit, — ce qui est probable, — que ces messieurs fussent aussi désireux de notre rencontre que je me souciais peu de la leur, toujours est-il qu'à un moment donné, nous nous trouvâmes, eux et nous, face à face. Virginie, qui ne sortait jamais sans un voile, avait, par hasard, ce soir-là, le visage découvert.

— Tiens! s'écria un des jeunes hommes en la regardant, Passe-Lacet! Bonsoir, Passe-Lacet!

Le rouge me monta au visage; j'allais m'élancer sur cet insolent qui se permettait d'interpeller une femme à mon bras... Mais, plus prompte dans sa prudence que je n'avait été prompt dans ma colère, Virginie m'avait déjà entraîné à dix pas... De leur côté, les trois jeunes hommes avaient repris leur course titubante...

— Mais, dis-je en essayant de me dégager de l'étreinte de Virginie, mais laisse-moi! Laisse-moi donc! Je veux...

— Bénédict, je t'en prie! murmura ma maîtresse.

Je la regardai, elle était pâle.

— N'as-tu pas vu qu'ils sont gris? continua-t-elle.

— Quand ils seraient ivres comme des charretiers, ce n'est pas un motif... pour qu'ils nous insultent.

— Mais ils ne nous ont pas insultés!

— Ah! tu trouves que la façon dont l'un des trois t'a parlé n'est pas injurieuse? Tu es indulgente! Il te connaît donc, ce monsieur?

— C'est possible!

— *C'est possible* n'est pas une réponse. Voyons, le connais-tu, toi, celui qui t'a dit : « Bonsoir, Passe-Lacet? »

— Je ne l'ai pas bien vu, mais... je pense... l'avoir rencontré quelquefois dans les bals.

— Et il se croit autorisé, pour cela, à t'arrêter sur les boulevards, au bras de ton amant? et il te salue en ricanant de ce sobriquet... idiot... dont tu as été assez faible pour te laisser marquer par un tas de sauteurs!...

Virginie se taisait.

— Mais, réponds donc! Réponds quelque chose, au moins! m'écriai-je avec véhémence.

Virginie devint plus pâle encore.

— Que veux-tu que je te réponde? fit-elle. Est-ce ma faute si l'on me reconnaît, et puis-je empêcher ceux qui me reconnaissent d'être des gens mal élevés? En me prenant pour ta maîtresse, tu savais qui j'étais. Quant à ce sobriquet... idiot, dont ils m'ont... marquée, si j'ai commis une sottise en l'acceptant, est-il en mon pouvoir, aujourd'hui qu'il me déplaît plus qu'à toi peut-être, de l'arracher de leur mémoire? Vois-tu, Bénédict, ceci est une leçon... et comme je n'entends pas qu'elle se renouvelle... à l'avenir nous ne sortirons plus ensemble. De cette manière, tu ne risqueras pas d'avoir des querelles pour moi. Oh! aussi, j'avais une idée de cela en quittant la maison; je regrettais de n'avoir pas mis un voile comme d'habitude. Mais ce chapeau que tu m'as donné est si joli! J'ai été coquette! Le bon Dieu m'a punie!

La voix de Virginie s'était altérée.

— Allons! dis-je, moitié irrité encore de l'affront qu'il me semblait avoir reçu, moitié touché de la douleur de Virginie; allons! il suffit! ne nous occupons plus de cela! mais... tu as raison... pour éviter des scènes pareilles, dorénavant tu ne sortiras plus sans ton voile.

— Oh! n'aie pas peur! Si tu veux même, nous ne sommes pas encore bien loin de chez nous, je vais retourner le...

— Non! non! c'est inutile pour ce soir. Espérons que nous ne rencontrerons plus de gens ivres. Viens.

Et nous nous remîmes en route, mais sans ouvrir la bouche ni l'un ni l'autre, chemin faisant. A quoi Virginie songeait-elle alors? je l'ignore; mais ce que je sais, c'est que je me disais, moi :

— C'est égal, il est fâcheux d'avoir pour maîtresse une femme qui ne peut pas sortir avec vous autrement que voilée!

XI

L'aspect d'une salle resplendissante de lumière, les bruits de la foule, les sons de la musique, et, par-dessus tout, l'attrait du spectacle, ne tardèrent point à dissiper l'impression pénible que je venais d'éprouver. Le prologue du drame de M. Alexandre Dumas n'était pas achevé, que ma main, cherchant la main de Virginie, disait, dans une tendre pression, à la pauvre fille :

— Je ne suis pas fâché, va! Plus du tout.

Mais l'homme propose et Dieu dispose. Il était écrit que cette soirée serait funeste à mes amours.

La baignoire que nous occupions était une des plus rapprochées de l'avant-scène du rez-de-chaussée; une de celles qui dominent, en formant un coudé, les premiers rangs de l'orchestre. Quelques minutes avant que le second acte ne commençât, un jeune homme prit place à l'orchestre, en face de nous. Ce jeune homme, qui se nommait Francis Bachereau, venait quelquefois en soirée chez mon père. C'était un petit brun dont la physionomie eût été agréable, si une perpétuelle expression de suffisance n'en avait gâté le charme. Agé de vingt-quatre ou vingt-cinq ans, au plus, M. Francis Bachereau, sous prétexte que son père, un négociant de la rue du Sentier, remuait des millions et lui permettait d'en ramasser les éclats, se croyait déjà un personnage. Ce qu'il y a de positif, c'est qu'il était au moins, déjà, un être insupportable, de par son assurance anticipée, son langage tranchant... et son affectation à suivre les modes jusque dans leurs accès de fantaisie les plus insensés. Francis Bachereau me déplaisait; aussi, quoiqu'à plusieurs reprises il eût tenté de se lier avec moi, j'avais toujours accueilli ses avances avec une réserve glaciale; cependant, comme, en passant le long de ma loge pour s'installer dans sa stalle, il m'avait ôté son chapeau, je lui avais rendu son salut. Puis, sans m'occuper de lui, le rideau se levant à ce moment, j'avais reporté mes regards vers le théâtre... impatient que j'étais d'apprendre si M. Mélingue, qu'un rival odieux avait blessé cruellement au prologue, était mort ou non de sa blessure.

— Excusez mon inexpérience dramatique, Spindler, mais j'ignorais qu'un grand premier rôle peut mourir quelquefois au dénouement... jamais au prologue!

Cependant, tandis que le second acte marchait, Virginie, jusque-là si attentive, à mon exemple, aux péripéties de la pièce, avait peu à peu manifesté, par des signes non équivoques, une sorte de contrariété singulière. Ainsi, au lieu de se tenir comme auparavant commodément tournée, de trois quarts, vers la scène, elle se tenait, à présent, de profil. De plus, comme si l'éclat de la rampe, dont nous nous trouvions pourtant assez éloignés, eût soudainement offensé sa vue, elle s'était fait, du programme, une manière d'éventail derrière lequel elle abritait, presque tout entier, son visage. Je n'avais rien remarqué de cette pantomime pendant qu'on jouait, mais le second acte terminé, voyant Virginie se reculer au fond de la baignoire :

— Qu'as-tu donc? lui dis-je Est-ce que tu as mal aux yeux?

— Mais non, repartit-elle; non... c'est-à-dire si... un peu. Est-ce que tu n'es pas de mon avis, que la rampe est trop montée ce soir?

— La rampe est comme à son ordinaire.

— Alors c'est que je me trompe. Il est bien amusant, ce second acte.

— Très-amusant.

— La jeune première a bien dit sa scène d'amour, n'est-ce pas?

— Très-bien!

— Et Mélingue! quel superbe costume!

— Superbe. Veux-tu que j'aille te chercher des oranges... des bonbons?

— Oui... non...

— Oui, non... décide-toi.

— Mon Dieu! ce sera comme il te plaira!

— Comme il me plaira! Comment, tu ne sais pas ce qui te fera plaisir?

— Mais si je n'ai envie de rien, non plus, je ne puis pourtant pas te dire... C'est vrai, cela, tu me grondes tout de suite!...

Virginie portait son mouchoir à ses yeux.

— Tu as envie de pleurer, du moins, je m'en aperçois, repris-je.

Et, supposant que le retour de sa pensée vers l'incident du boulevard Bonne-Nouvelle était la cause de l'émotion de Virginie, j'ajoutai doucement :

— Allons, folle! Puisque je ne me souviens de rien, pourquoi te souviens-tu, toi? Dépêche-toi d'essuyer tes yeux!... Si l'on nous voyait, on croirait que nous nous disputons! Tiens, je cours acheter des marrons glacés... Ah! tu adores les marrons glacés, gourmande! Mais, pour la peine, il faudra me faire une autre mine que ça, tu entends!

La première personne contre laquelle je me heurtai dans le couloir fut M. Francis Bachereau. En apparence, il était là se promenant tout bénévolement; en y réfléchissant depuis, j'ai pensé qu'il n'était venu dans ce corridor que pour me guetter au passage. Il y a des hommes qui tiennent de l'araignée : quand ils ont jeté leur dévolu sur une proie, ils patienteraient des heures plutôt que de la laisser échapper.

Il n'y avait pas à essayer d'éviter Francis.

— Et comment cela va-t-il, ce soir, mon cher ami? fit-il. Nous venons donc aussi avaler du Dumas? Ça n'est pas fort, hein? Et c'est joué!... Peuh!... Mélingue grimace trop, c'est hideux! Mais vous sortiez, peut-être?

— Oui... J'allais...

— Chez le confiseur?... J'ai deviné, pas vrai? Eh bien, mais je vous escorte, si vous le permettez! Il y a un entr'acte de cinquante minutes... un immense décor à poser. Oh! j'ai vu la première représentation! Je vois toutes les premières, moi! Il n'y a que ça de drôle!... Je ne savais que faire ce soir, sans ça... A propos, vous êtes donc avec la petite Passe-Lacet, vous, farceur?

A cette question, à ce nom de Passe-Lacet, Francis, qui avait passé son bras sous le mien pour m'*escorter*, dut me sentir tressaillir... Il poursuivit néanmoins d'un ton railleur :

— Au reste, elle est assez gentille!... Et puis, amusante, très-amusante, quand elle est en train, n'est-ce pas?

La sueur me perlait aux tempes.

— Vous... vous la connaissez? balbutiai-je.

— Si je la connais! s'écria Francis en riant. Ah! ah! ah! si je la connais! Mais qui est-ce qui ne connaît pas Passe-Lacet à Paris?... Une des nymphes les plus courues de Mabille! Une bonne fille, d'ailleurs; une très-bonne fille! Pas intéressée! pas assez intéressée, même! Elle a eu des occasions magnifiques dont elle n'a pas profité! Ainsi, un des correspondants de mon père... le chef de la maison Petterson et Rivers... un Anglais colossalement riche! l'aurait gardée, — ces Anglais sont si excentriques!... — si elle avait voulu être sage! Mais, bah! il aurait fallu qu'elle renonçât aux bals, aux soupers, aux amourettes!... Elle a planté là M. Petterson, un beau matin, sans crier gare.

— Et... cet Anglais... ce monsieur Petterson, où donc avait-il rencontré?...

— Passe-Lacet? Chez moi, parbleu!... à un déjeuner! Il me demanda si cela me chagrinerait qu'il lui fît la cour... Je lui répondis qu'il était entièrement libre. Il y avait à peu près huit ou dix jours que Passe-Lacet venait chez moi... c'était suffisant! Ces dames-là, on n'en fait pas ses maîtresses. Et vous, depuis combien de temps êtes-vous avec elle?

— Moi... pardon... voici le confiseur...

— C'est juste! Allez acheter vos chatteries, Lovelace! Ah! je vous recommande les oranges glacées, dites donc, mon cher! Elle ferait des bassesses pour des oranges glacées, Passe-Lacet!

XII

Lorsque j'entrai chez le confiseur, ma physionomie avait quelque chose de bien extraordinaire, sans doute, car, en s'informant de ce que je désirais, la demoiselle de boutique me contemplait tout effarée.

— Donnez-moi des marrons glacés... des oranges... des bonbons... tout ce que vous voudrez, répondis-je.

On se mit en devoir de me servir; pendant les trois ou quatre minutes qui s'écoulèrent à ce soin, un océan de pensées, plus sombres les unes que les autres, me traversa l'esprit. Tantôt je me félicitais de la rencontre de ce Francis Bachereau, auquel je devais de m'avoir démontré, par *a* plus *b*, que ma maîtresse était une créature indigne de l'amour d'un galant homme; tantôt je maudissais cette rencontre et j'accusais Francis d'avoir, à plaisir, souillé et avili, à mes yeux, la femme que j'aimais; et je m'accusais moi-même de lâcheté, en tolérant ces révélations outrageantes!

Le sac d'oranges glacées, de marrons, de pralines, de chocolat, était préparé; — un sac énorme! Les marchands savent tirer parti de tout, même des distractions du désespoir; je jetai l'argent qu'on me demandait, puis je m'élançai, résolu, pour l'instant, à me venger par quelque grosse insolence des souffrances que Francis Bachereau venait de me faire endurer. Mais non! En retrouvant à la porte le *gandin*, au lieu de l'explosion de colère que je couvais, ce fut une phrase banale de regret de n'être fait attendre qui m'échappa. J'avais réfléchi.

Si je m'emporte, m'étais-je dit, je vais être ridicule. Assurément, Francis, en crachant sur mon bonheur, a agi comme un méchant, mais je ne saurais douter pourtant de l'authenticité des faits qu'il m'a rapportés... Donc, j'aurais tort de m'en prendre aux faits pour chercher querelle au méchant! J'étais dans le cas d'un homme qui, ayant acheté et portant à son doigt un diamant faux, trouverait mauvais qu'un amateur l'éclairât sur le peu de valeur de son bijou.

— Supposiez-vous que cette pierre fût précieuse? dirait le connaisseur.

— Pas absolument.

— Combien l'avez-vous payée?

— Très-bon marché.

— Eh bien! alors, pourquoi vous formaliser si je vous révèle comme quoi votre diamant a été taillé dans un bouchon de carafe!

— Peste! s'écria Francis en lorgnant mon sac, vous ne lésinez pas, vous! Quelle provision de bonbons! Il y en a au moins pour douze francs, là-dedans!

— S'il vous est agréable d'en croquer votre part avec vous? répliquai-je, en affectant un air dégagé.

— Oh! non! merci, repartit Francis: d'abord, je ne crois pas que Passe-Lacet serait très-enchantée de ma société!

— Bah! Et pourquoi?

— Oh! une niaiserie! Mais la dernière fois que nous nous sommes vus, nous nous sommes quittés assez froidement.

— Ah! ah!

— Oui; elle voulait me *carotter* une dizaine de louis... Je n'étais pas en fonds!

Horreur! Nouvelle et misérable découverte! Non-seulement Virginie avait été la maîtresse de ce monsieur, que j'exécrais, mais encore elle lui avait emprunté dix louis... qu'il ne lui avait pas prêtés!

— Ensuite, continua Francis, tandis que vous dévalisiez la boutique du confiseur, je me suis rappelé une invitation à une petite soirée...

— Comment! vous ne retournez pas au théâtre?

Cette fois, j'eus un mouvement de joie. Arrangez cela. J'avais proposé fort sérieusement, tout à l'heure, à Francis, de me tourner le couteau dans la plaie, en m'accompagnant dans ma loge, et j'étais ravi, maintenant, à l'idée qu'il allait partir.

— Ma foi non! répliqua Francis. C'est trop de voir ce drame deux fois, j'y renonce. Je vais prendre une tasse de thé chez un camarade; au revoir!

Le troisième acte en était à la seconde scène lorsque je rejoignis Virginie. Elle était encore assise au fond de la baignoire. Ah! je m'expliquais à présent sa passion subite pour l'obscurité! Je m'expliquais aussi ce programme, tourné en éventail, à l'aide duquel elle avait tenté, mais vainement, de se soustraire à des regards curieux.

— Tu as été bien longtemps, me dit-elle.

— Tu trouves? répliquai-je.

— Sans doute. Qu'est-ce que tu as donc fait dehors?

— J'ai causé avec quelqu'un.

— Ah!

— Je te conterai cela; pour l'instant, écoutons la pièce. Ah! tu sais que tu peux te rasseoir sur le devant, et jeter ton garde-vue. *Il* est parti.

— Qui est-ce qui est parti?

— Allons! Tu me comprends bien! Faut-il te mettre les points sur les *i*? M. Francis Bachereau, celui avec qui j'ai causé, ne rentrera pas dans sa stalle! Y es-tu?

Virginie demeura muette et immobile.

— Ah! repris-je avec un soupir, décidément nous avons eu tort de sortir ce soir, bien tort!

Quelques *chut!* poussés par les spectateurs aux alentours de notre baignoire m'avaient déjà averti qu'au théâtre, quand les acteurs sont en scène, le silence est obligatoire, même pour les amoureux en brouille. Un nouveau rappel à l'ordre, plus impérieux, retentit comme je prononçais ma dernière phrase. J'imitai Virginie; je ne bougeai, ni ne parlai plus.

Le troisième acte me sembla interminable. Que s'y passait-il? J'aurais été fort embarrassé de le dire. Enfin il s'acheva. La toile n'était pas tombée, que Virginie était debout; elle mettait son pardessus.

— Où vas-tu donc? lui dis-je étonné.

— Je m'en vais.

— Tu t'en vas! Qu'est-ce que cela signifie? Pourquoi t'en vas-tu?

— Parce que.

— Et où vas-tu?

— Chez moi.

— Chez toi?

Virginie ne m'écoutait plus, elle était dans le couloir. Je m'élançai sur ses pas. Elle marchait avec une rapidité prodigieuse; j'avais peine à la suivre. Nous atteignîmes ainsi, toujours courant, le boulevard.

— Virginie, lui dis-je alors, en essayant de l'arrêter.

Mais elle me repoussa.

— Virginie! repris-je, d'un ton presque suppliant, c'est une plaisanterie, n'est-ce pas, et une mauvaise plaisanterie? J'ai l'air de te poursuivre; donne-moi le bras, du moins?

Elle hésita, mais, en effet, plusieurs passants se retournaient sur nous!... Elle se rendit... Lorsque son bras s'appuya sur le mien je me sentis plus tranquille; elle ne pouvait plus m'échapper. Je voulais bien une explication, mais non une séparation.

— Causons un peu, maintenant, dis-je, abandonnant l'accent de la prière pour prendre celui du dépit qui, à mon sens, me convenait beaucoup mieux; elle est trop violente, celle-là, en vérité! C'est moi qui suis en droit d'être furieux, et c'est toi qui te fâches! Ah! je conçois qu'il ne te sourie point d'apprendre que j'ai vu M. Francis Bachereau, qui m'a dit... des choses... que je ne lui demandais certes pas! Oh, non! Mais quand il vous tombe une tuile sur la tête, on ne l'avait pas demandée non plus! Enfin! je le répète, c'est une mauvaise inspiration que nous avons eue d'aller à la Porte-Saint-Martin ce soir! Ces messieurs gris qui nous accostent sur le boulevard, puis M. Francis Bachereau qui me jette au nez qu'il a été ton amant et qu'il t'a cédée à un Anglais!... Ah! ma

DÉPÔT LÉGAL 3

LES BAISERS MAUDITS
PAR HENRY DE KOCK.

Le bal chez M. de Brionne. (Page 24).

pauvre fille, ce n'est pas un reproche, mais il est bien humiliant pour moi de... Mon Dieu! comme tu le disais toi-même, en te prenant pour ma maîtresse, il est certain que je devais m'attendre à quelques ennuis... à quelques déceptions! Mais, que veux-tu? c'est peut-être parce que je t'aime trop, c'est peut-être, comme tu me l'as dit aussi, parce que je ne suis... qu'un gamin... il y a de ces hontes auxquelles je n'étais point préparé! Il y a de ces affronts que je n'aurais jamais prévus!... de ces... Mais qu'est-ce que tu fais donc?... Nous voici devant la rue d'Hauteville... pourquoi t'arrêtes-tu?

— Je m'arrête parce qu'il est inutile que vous m'accompagniez plus loin, Bénédict.

— Inutile que je t'accompagne plus loin!

— Sans doute. Vous êtes à peu près chez vous ici, je rentrerai bien seule chez moi.

— Chez toi! chez toi! Nous allons recommencer la charge de tout à l'heure!

Virginie ne répondit point, mais elle dégagea son bras.

— Virginie! repris-je en la retenant si fortement par le poignet, que je dus lui faire un mal affreux; écoute-moi encore.

— A quoi bon? répliqua-t-elle, ne m'en avez-vous pas assez dit déjà?

— Mais...

— Mais que voulez-vous me dire encore? Que vous ne m'aimez plus! que vous ne devez, que vous ne pouvez plus m'aimer!... parce que... parce que vous vous êtes aperçu, ce soir, que je ne suis qu'une courtisane, une fille... moins que rien! Eh bien, soit... Vous ne m'aimez plus! Nous ne nous reverrons jamais!... Adieu. Laissez-moi donc partir! Soyez généreux, Bénédict, je reconnais que vous agissez sagement en vous séparant de moi... Ne m'accablez donc pas inutilement! Je ne puis pas faire plus que je ne fais... Pourquoi me torturez-vous?

A ces derniers mots, Virginie, malgré ses efforts pour retenir ses larmes, avait laissé jaillir un sanglot. Ce sanglot eut un écho dans mon cœur.

— Virginie, murmurai-je, Virginie, j'ai été sans pitié... je te demande pardon!... Mais, tiens, reste avec moi une minute... rien qu'une minute! Tu vois, je ne te retiens plus... de force... J'ai confiance en toi! Virginie, écoute-moi, je t'en conjure... Oh! écoute-moi! Et si je ne parviens pas à te persuader... eh bien! ce sera fini, bien fini... tu t'en iras... tu t'en iras pour toujours!

J'avais doucement poussé Virginie vers un de ces bancs de pierre qui existaient alors sur la ligne des boulevards. Nous nous assîmes.

— Voyons, repris-je, en serrant ses deux mains dans les miennes, ce n'est pas vrai, n'est-ce pas, tu n'as jamais eu l'idée de t'en aller?

Elle allait répondre.

— Tais-toi, continuai-je; tu me le jurerais que je ne te croirais pas! Mais est-ce que j'ai dit que je voulais te quitter, moi? est-ce que j'y ai songé une seconde, seulement?

— Si vous n'y songez pas aujourd'hui, Bénédict, vous y songerez demain.

— Mais du tout, du tout... C'est ce qui te trompe!

— Je ne me trompe pas. Oh! laissez-moi parler à mon tour, mon ami! Vous m'accusiez tout à l'heure de jouer la comédie...

— Je...

— S'il avait été dans mes intentions de jouer la comédie, Bénédict, voici ce que j'aurais fait : je vous aurais prouvé... prouvé... entendez-vous... — une femme fait accroire tout ce qu'elle veut, quand elle veut, à un amant de votre âge... — je vous aurais donc prouvé, jusqu'à l'évidence, que M. Francis Bachereau vous avait menti, en vous contant qu'il avait été mon amant; je vous aurais prouvé encore que l'histoire... de l'Anglais... était fausse.

— Ah! Et elle est donc vraie alors cette histoire?

— Oui... elle est vraie, Bénédict, et c'est parce qu'elle est vraie, c'est parce que je ne puis pas plus la nier que je ne puis nier que j'ai connu M. Francis Bachereau, que j'ai résolu de vous épargner des affronts... des hontes, en vous rendant votre liberté.

— Mais...

— Mais, nous avons mangé notre pain blanc en premier, mon pauvre Bénédict; aujourd'hui que le quart d'heure du pain bis est sonné, pourquoi nous étonnerions-nous? Ce qui arrive devait arriver!... Et si vous n'aviez pas dix-neuf ans, vous le comprendriez sans peine... Il est vrai aussi que, si vous n'aviez pas eu dix-neuf ans, vous ne m'auriez pas aimée... comme vous m'avez aimée!

— Et comme je t'aime encore!

— Non. Vous m'aimiez plus hier que vous ne m'aimez aujourd'hui; vous m'aimez plus aujourd'hui que vous ne m'aimerez demain.

— Et qui te donne à penser cela?

— Vous avez éprouvé deux douleurs à cause de moi, ce soir, mon ami; admettons... que vous me pardonniez ces douleurs...

— Mais je te les pardonne aussi!

— Demain, après-demain, dans huit jours peut-être, le souvenir des événements de cette soirée vous reviendra à l'esprit; et, avec ce souvenir, le regret d'avoir été faible!

— Oh!

— Cependant, comme vous êtes bon, Bénédict, vous ne voudrez pas me laisser voir ce regret... Mais je le verrai malgré vous... et alors...

— Alors?

— Alors nous serons malheureux l'un et l'autre, mon ami. Vous serez malheureux, vous, par vos souvenirs; je serai malheureuse, moi, par la pensée que vous vous souvenez. Nous traînerons ainsi, sans nous rien dire, un ou deux mois... Mais enfin, un jour, nous nous lasserons de souffrir. Ce jour-là, — les meilleurs cœurs s'aigrissent dans la lutte; — ce jour-là, au lieu de nous expliquer... tranquillement, honnêtement, comme nous le faisons à présent, nous crierons... nous nous emporterons... nous nous disputerons... Bref... bref, vous voyez donc bien qu'il est plus prudent de nous séparer tout de suite, Bénédict... tandis que nous nous aimons encore. Est-ce que... je... n'ai.. pas... raison?... Dites?

Virginie pleurait... Je pleurais comme elle. Intérieurement frappé de la justesse de ses arguments, je désespérais presque maintenant de pouvoir la ramener...

— Eh bien! j'accepte, m'écriai-je soudain, quittons-nous donc, puisque tu le veux!

Virginie frissonna...

— Mais, repris-je, puisque nous nous aimons encore, tu le reconnais toi-même, quittons-nous... bien... quittons-nous... en amis!

Elle m'interrogeait du regard : je poursuivis :

— Sans doute! Quelle nécessité de nous dire adieu... ce soir? Qui nous oblige à nous en aller passer... chacun de notre côté... sans dormir... une nuit éternelle?... Est-ce que tu dormiras, toi, cette nuit, voyons! loin de moi?

— Oh! non!

— Eh bien! restons donc encore cette nuit ensemble... et demain, demain matin, si nous n'avons pas changé d'avis... Qu'en penses-tu?

Pendant que nous causions, assis sur le banc, les boutiques s'étaient fermées de toutes parts; le boulevard devenait désert; le froid était plus vif; quelques flocons de neige voltigeaient dans l'air... Virginie songea à notre petite chambre, si gaie, si chaude, si avenante!

— Mon Dieu, balbutia-t-elle, assurément, il sera toujours temps... demain... de nous dire adieu!

Quelques minutes après, nous étions chez nous. Quelques minutes après, buvant mutuellement nos larmes, nous nous jurions de nous aimer toujours.

Cette nuit fut la plus délicieuse entre toutes nos délicieuses nuits.

XIII

Un romancier d'esprit jovial a dit : « L'amour est de la nature des grenouilles; il mourrait s'il n'y avait jamais d'orages. » N'en déplaise à cet écrivain, sa comparaison n'est qu'un paradoxe excentrique. L'amour s'accommode très-volontiers d'un ciel bleu; et s'il meurt, le plus souvent c'est à la suite d'une tempête. Oui, cette nuit qui suivit notre premier chagrin fut, pour Virginie et moi, une nuit d'ivresse. Oui, le lendemain au matin, quand Virginie, souriante, me dit, en se levant :

— Et maintenant, je vais faire mes paquets.

Je ne lui répondis que par une caresse. Oui, pendant huit, dix, quinze jours, je fus d'autant plus attentionné pour elle, que je redoutais d'autant plus, en lui marquant la moindre froideur, de lui donner de l'inquiétude. Mais elle l'avait prédit, le coup était porté; mon amour, incessamment miné par le mépris, s'écroulait peu à peu. A ses côtés encore, ce n'était rien; si je l'aimais moins qu'autrefois, elle me plaisait toujours autant ! Et à dix-neuf ans, les sens ont une telle puissance ! ils commandent, on obéit... et le cœur même s'y trompe ! Il croit battre de bonheur, quand c'est la volupté seule qui l'agite. Mais loin de Virginie, c'était différent ! A l'atelier surtout, en travaillant, je réfléchissais, je réfléchissais beaucoup... Et chaque jour, le résultat de mes réflexions inclinait de plus en plus vers cette conviction, que j'avais eu tort de conserver, en qualité de maîtresse, une femme que tant d'autres n'avaient acceptée qu'à titre de fantaisie.

Depuis la soirée néfaste de la Porte-Saint-Martin, nous sortions rarement. Je craignais de nouvelles rencontres fâcheuses, et Virginie partageait sans doute mes appréhensions, car, lorsque je lui proposais une partie de spectacle, elle me refusait toujours. Je ne pouvais pourtant pas me condamner indéfiniment à la retraite !

Un matin, le concierge me remit une lettre d'invitation à un bal chez un ami de mon père. En lisant cette lettre, je laissai échapper une exclamation de joie.

— Tu es content d'aller à ce bal? me dit Virginie.

— Dame! répliquai-je, croyant entrevoir dans sa question une nuance de dépit... — ne devais-je pas aller à ce bal sans elle? — il y a bien longtemps que je ne me suis amusé, il est donc très-naturel...

—Mais, interrompit Virginie, je ne te dis pas cela pour te blâmer ! Loin de là, je trouve, au contraire, que tu ne prends pas assez de distractions. Et... quand a-t-il lieu ce bal?

— D'aujourd'hui en huit.

— Un bal paré?

— Non, un bal costumé.

— Ah ! c'est plus amusant !... Et quel costume mettras-tu?

— Hein? quel costume? Je ne sais pas trop encore.

— Veux-tu que je t'en procure un qui te siéra à ravir... et qui n'est pas commun?

— Quoi? quel costume? Tu crois en demander un à ton théâtre... à un figurant ! Merci !

— Tu es enfant ! D'abord, j'en demanderais un à mon théâtre qu'on ne me le donnerait pas; et puis je ne t'offrirais pas les défroques d'un figurant, voyons ! Voici ce que c'est : j'ai pour amie une petite femme qui joue le vaudeville, le drame, pour son plaisir, à Chantereine et à la Salle Lyrique. Quand je dis une petite femme... elle est au moins aussi grande que toi...! car tu n'es pas trop grand, mon ange.

— Et puis?

— Et puis, Élisa Morel, mon amie, avait fait faire entre autres, l'hiver dernier, un costume pour jouer l'abbé de Gondi dans *Un duel sous Richelieu*... un costume tout de satin et de dentelles... Veux-tu que j'aille la prier de me prêter son abbé?

— Mais, répliquai-je, partagé entre un sentiment de coquetterie... — ah ! l'abbé me séduisait, — et l'ennui de devoir une gracieuseté à une personne étrangère; mais, c'est que... si ton amie te refusait !

— Elle ne me refusera pas! D'ailleurs, c'est moi qu'elle refuserait et non pas toi ! C'est dit, hein? J'irai ce soir chez Élisa. Oh ! tu verras comme tu seras bien dans ce costume!

Virginie paraissait si radieuse à l'idée de m'être agréable, qu'il me sembla que je l'affligerais en repoussant plus longtemps son offre.

— J'y consens, répliquai-je; va donc ce soir chez ton amie. A quelle heure iras-tu?

— Pendant que tu seras chez ton père.

— C'est cela; justement mon père a du monde à dîner aujourd'hui; je rentrerai peut-être un peu tard, je te préviens.

— Il suffit; ne te gêne pas.

XIV

Mon père traitait, en effet, ce jour-là, et je m'étais, à dessein, rendu chez lui plus tôt qu'à l'ordinaire, sachant qu'en ces occasions il aimait que je l'aidasse à recevoir ses convives. Il s'habillait lorsque j'arrivai; il ordonna qu'on m'introduisît dans son cabinet de toilette.

— Ah! te voilà, Bénédict, fit-il. Bravo! Je suis bien aise de te voir. J'ai justement un mot à te dire. Assieds-toi.

— A propos, as-tu reçu l'invitation au bal de M. de Brionne?

— Oui, mon père.

— Tu y viendras?

— Mais certainement; pourquoi y manquerais-je?

Il y eut un moment de silence. Mon père allait de çà de là dans le cabinet; il chantonnait, il remuait distraitement les meubles...

— Et ce mot que vous avez à me dire, mon père? repris-je.

— Ah! ah! c'est vrai. Boutonne donc la manche de ma chemise, petit; je n'en viendrai jamais à bout!... C'est vrai... ce mot... Oh! sois bien persuadé avant tout, Bénédict, que... l'observation que je vais t'adresser est toute dans ton intérêt. Ce n'est pas un père qui te parle en cet instant, c'est un ami.

— Père ou ami, l'un et l'autre seront toujours écoutés par moi avec respect.

— Sans doute! sans doute! Oh! je sais que tu as de

l'affection pour moi, Bénédict! D'ailleurs, tu n'es pas un sot... certes!... Je le sais encore... Il n'y a que les sots qui puissent se formaliser d'un bon conseil! Venons donc au fait

Mon père se recueillit une seconde, puis il poursuivit ainsi :

— Hier soir, une personne, que je n'ai pas besoin de te nommer, m'a rendu visite. Cette personne n'est pas un aigle, mais elle a du bon sens, infiniment de bon sens. Après avoir causé d'affaires, nous avons un peu causé de nous... de nos enfants surtout. Entre pères de famille, un tel sujet de conversation est toujours intéressant. La personne en question t'estime fort... elle connaît tes progrès dans ton art... elle m'a félicité de t'avoir permis d'embrasser une carrière brillante; elle te croit, comme je le crois moi-même, appelé à une belle position...mais...

— Ah! il y a un *mais!*

— Oui. Allons, ne fronce pas le sourcil! Ce *mais* n'a rien qui puisse t'offenser. Tu comprends bien que, s'il s'agissait de quelque chose qui touchât ta considération, je ne serais pas si gai.

— Enfin... achevez, mon père.

—Enfin... Eh bien, oui, j'achève. Après tout, tu n'es plus un enfant, et l'on peut te parler... carrément. Enfin, la personne susdite, après t'avoir loué, sans restrictions, sous différents rapports... t'a blâmé... quant à un certain point!

— Et ce point?

Mon père s'arrêta devant moi, les bras croisés, le regard interrogateur.

— Oui ou non, Bénédict, dit-il, as-tu depuis trois mois pour maîtresse une nommée Passe-Lacet, qui habite avec toi, chez toi?

Je changeai de couleur. J'avais bien à peu près deviné à son embarras où en voulait venir mon père; toutefois, la glace brisée, je me sentais sans force pour répondre; en ce cas, ce devait être s'accuser.

— Mon père, murmurai-je enfin, je le confesse, j'ai eu le tort...

— Assez! interrompit doucement mon père en me tendant la main, tu avoues que tu as eu tort... que veux-tu que je te demande de plus? Je suis tranquille maintenant; ce tort que tu reconnais sera réparé demain, n'en parlons donc plus.

— Pardonnez-moi, mon père, parlons-en encore, je vous prie : cette personne si bien renseignée sur mes faits et gestes, c'est M. Bachereau, n'est-ce pas?

— Et quand cette personne serait M. Bachereau, que verrais-tu de répréhensible dans sa conduite?

— Rien assurément, mon père; je trouve au contraire qu'il est fort judicieux que les pères forment une espèce de ligue défensive contre les erreurs de leurs enfants, et, comme vous le disiez tout à l'heure, ceux des enfants qui se révolteraient contre les efforts de cette ligue seraient des sots! Mais une question, si je ne vous offense pas, mon père...

— Dis.

— M. Bachereau vous a-t-il appris... à quelle source il a puisé les détails intimes sur ma vie qu'il vous a communiqués?

Mon père hésitait à me répondre.

— Avouez-le, mon père, m'écriai-je, c'est à son fils que M. Bachereau doit la connaissance de ces détails. Vous y mettrez de l'indulgence tout à l'heure. M. Bachereau ne m'a accordé quelques mérites, sans doute, que pour être mieux en droit ensuite de frapper sur mes fautes. C'est son fils qui lui a conté comme quoi je me déconsidérais en accordant... à une femme perdue... une tendresse stupide! Et, fier de ce que la sagesse de son fils lui avait révélé, heureux de faire ressortir cette sagesse en regard de ma folie, c'est en posant M. Francis Bachereau comme un modèle à suivre que M. Bachereau père est accouru près de vous...

— Bénédict! interrompit de nouveau mon père, mais cette fois d'un ton ému, la passion vous égare! Je croyais que vous m'aimiez et m'estimiez assez pour ne pas supposer que je souffrirais qu'on essayât de vous abaisser à mes yeux au profit de qui que ce soit. Je vous le répète, c'est en ami, en ami sincère que M. Bachereau père est venu à moi. Et maintenant, que ce soit son fils ou tout autre, — et je vous affirme qu'il est demeuré muet à ce sujet, — qui lui ait appris... ce qu'il m'a confié... que m'importe? Ce qui m'intéresse, c'est que vous rompiez avec une liaison... plus dangereuse que vous ne l'aviez présumé peut-être! Ce qui me touche, c'est que vous vous soyez décidé à ce sacrifice sans attendre même que je vous en priasse... formellement. Tout est donc oublié déjà, mon ami; et, croyez-le bien, quand vingt Francis Bachereau paraderaient en cet instant devant moi, je ne troquerais pas un cheveu de votre tête contre les grâces réunies de ces messieurs!

Je portais la main de mon père à mes lèvres, mais il m'attira contre sa poitrine.

— Va! dit-il en m'embrassant, tu n'as point à rougir d'ailleurs de ce que tu as fait; ta faute, ou plutôt ton inconséquence, est de celles qu'on excuse facilement chez un homme de ton âge. Pour ma part, je préfère avoir à te pardonner d'être trop constant que de te voir entrer dans la vie le cœur cuirassé de sécheresse et d'égoïsme. Mais il faut pourtant aussi te défier de certains entraînements, mon ami. L'avenir d'un homme dépend souvent des premières années de sa jeunesse. Tu ne t'appartiens pas, tu appartiens à l'art... tu appartiens à une famille qui te chérit et qui veut être fière de toi! Conserve donc ton nom pur et honorable, comme homme, pour que l'artiste ait un jour un nom resplendissant d'une gloire sans tache; conserve surtout ta liberté... ta liberté tout entière. A vingt ans, tout lien, fût-il de fleurs, est une chaîne dont on doit se garder sévèrement... à plus forte raison, lorsque les fleurs qui composent cette chaîne... sont fanées! Tu m'as compris; sur ce, monsieur, allez voir votre mère, et laisse-moi achever ma toilette. Voilà trois fois qu'à cause de vous je recommence le nœud de ma cravate. Ça ne peut pas continuer comme ça.

XV

A la suite d'une leçon semblable, je n'avais qu'un

parti à prendre : celui de rompre au plus vite avec Virginie.

Pendant toute la soirée, chez mon père, en dînant, puis après le dîner en faisant de la musique, en causant, je ne m'occupai que de chercher un moyen, — le moins brutal possible, néanmoins, — d'amener cette rupture. Le plus simple pour en arriver à ces fins, c'était assurément de raconter à ma maîtresse ma conversation avec mon père; ce fut aussi ce moyen que j'adoptai. Le soir même, Virginie saurait tout. J'avais prévenu Virginie que je resterais tard chez mon père; cependant lorsque dix heures sonnèrent je n'y pus résister davantage; je redoutais et je désirais tout à la fois l'instant d'une solution forcée. Le désir l'emporta sur la crainte. Je partis.

Virginie était avec Prosper dans l'atelier quand je rentrai. Prosper dessinait; elle brodait. Je ne sais pourquoi, mais il me sembla qu'elle avait pleuré, et Prosper lui-même était ému. J'étais à peine rentré que Virginie m'entraîna vers son fauteuil, sur lequel étaient étalées les diverses pièces d'un costume, le costume d'abbé.

— Tiens, fit-elle, regarde! Te plaît-il?

— Oui... oui... sans doute!

— Tu serais difficile autrement; il est assez joli et il t'ira... comme s'il avait été fait pour toi, tu verras! Oh! Élisa a été enchantée de me le prêter!... C'est une si bonne fille! Mais admire donc! Un jabot en point de Venise... des manchettes en valencienne à cent francs le mètre! et la perruque: elle a coûté dix louis! Tu n'auras que les souliers et les bas de soie à acheter... des souliers à talons rouges, tu sais? Oh! je voudrais déjà être au soir de ton bal pour t'habiller!... Car c'est moi qui serai votre habilleuse, monsieur, si vous le permettez.

J'écoutais Virginie avec embarras. L'aspect de ce costume qu'elle était si fière de m'avoir procuré, la joie qu'elle se promettait à m'en revêtir elle-même... tout cela me peinait.

— Depuis quand es-tu ici? dis-je à Prosper, pour changer d'entretien.

— Je suis venu de bonne heure, répliqua Prosper; tu étais de gala... il fallait bien tenir compagnie à la petite.

La petite était le terme d'amitié qu'employait Prosper pour désigner Virginie.

— Tiens! continua-t-il, nous avons même beaucoup travaillé tous les deux, ce soir. Elle sait l'*Adieu* de Schubert comme un ange, maintenant.

— Oui, fit Virginie, c'est le premier air que je t'ai entendu chanter, tu te rappelles, Bénédict... il y avait longtemps que je grillais de l'envie de l'apprendre et...

— Et c'est très-bien! interrompis-je, voyant Prosper ouvrir le piano, mais j'ai assez de musique pour ce soir, s'il vous plaît. On n'a fait que ça chez mon père!... Je suis même un peu fatigué.

— Ce qui signifie que tu veux te coucher, n'est-ce pas? dit Prosper. Bon! bon! On s'en va! on s'en va! Ne t'emporte pas! Voilà ce que c'est que les grands dîners... on boit trop de vins généreux, et ensuite on a la tête lourde.

— On boit trop!... Pourquoi dis-tu cela, Prosper? Tu sais bien, il me semble, que je n'ai pas pour habitude de trop boire!... A t'entendre, on croirait vraiment que je suis un ivrogne!... Si c'est une facétie, elle n'est pas spirituelle... pas du tout!

Prosper me regarda surpris.

— Diable! fit-il, en tout cas, si je ne suis pas en veine d'esprit, moi, ce soir, tu n'es pas en veine de gaieté, toi! A demain! A demain, Virginie!

— Bonsoir, monsieur Prosper.

Prosper était parti; j'étais assis à la place qu'il venait de quitter...

Virginie s'approcha de moi.

— Qu'as-tu donc ce soir, Bénédict? dit-elle.

— Ce que j'ai... mais je n'ai rien!

— Si fait! Tu es préoccupé... soucieux! Cette manière de répondre à une plaisanterie de Prosper...! Et puis tu ne m'as même pas embrassée en rentrant!

Ma bouche se trouvait alors vers sa bouche... mais elle releva la tête.

— Veux-tu que je te dise à quoi tu penses? reprit-elle après un silence.

— A quoi je pense?

— Oui! et si je dis juste... tu répondras franchement : oui! Tu penses... que j'ai été bien inspirée en apprenant l'*Adieu*.

Mon cœur se serra... Mais, puisque Virginie venait ainsi au-devant des explications, j'en profitai.

— Eh bien! il est vrai... répliquai-je sans oser la regarder, si je suis chagrin... c'est que... c'est que j'ai eu tantôt une conversation sérieuse avec mon père; j'ignore comment il a découvert que nous étions ensemble... mais...

— Mais il t'a ordonné de me quitter.

— Ordonné!

— Ordonné... prié... invité!... le mot n'y fait rien! Enfin, quand tu es rentré ce soir ici, n'est-ce pas, c'était avec le projet de m'apprendre ce qui s'est passé entre ton père et toi? Et c'est pour cela que tu as renvoyé Prosper, qui t'aurait gêné?

— Virginie!...

— Allons, ne nie point! Au surplus, ce serait inutile; j'avais tout deviné avant que tu revinsses!...

— Hein!

— Quand faut-il que je parte? Ce soir? Est-ce ce soir même?

— Virginie!...

— Quoi! Ne vaut-il pas mieux que je sache tout de suite ce que tu as décidé? Oh! tu crois que c'est la colère qui me fait m'exprimer ainsi en ce moment, Bénédict? Non! non! je te jure. Tiens, la preuve que je ne te trompe pas en te disant que j'avais tout deviné... que j'étais préparée à tout... tu le demanderas à Prosper demain... C'est que toute la soirée je n'ai fait que lui parler de notre prochaine séparation. Oh! les pressentiments! ça ne manque jamais, ça, Bénédict!... D'ailleurs, depuis trois semaines, est-ce que je ne me doutais pas de ce qui arriverait bientôt? Est-ce qu'il nous était possible de rester longtemps encore ensemble, après que... Ç'a été trois semaines de plus de bonheur pour moi, je ne le cache pas... Mais ce bonheur n'était déjà plus le même qu'autrefois! Tu avais beau faire, beau dire, pour paraître amoureux comme auparavant, tu n'y parvenais pas, mon pauvre Bénédict! Allons! je suis forte, je suis raisonnable, tu le vois. Je ne pleure pas, j'ai assez pleuré toute la soirée! Ce bon Prosper, il n'a guère dû se divertir avec moi! Nous disons donc que je m'en vais... Quand cela? Ce soir? demain matin? — Tu garderas tout de même le costume, entends-tu!... Ça ne fait rien ça, que nous soyons séparés!... Je te laisserai l'adresse d'Élisa, tu le lui renverras le lendemain de ton bal. — Eh bien!... tu ne me réponds pas? et voilà que c'est toi qui pleures!... Que tu es enfant! Mais est-ce que tu ne te rappelles pas ce que je te disais... sur le banc... tu sais... pendant que la neige tombait sur nous? Un peu plus tôt, un peu plus tard!... bah! l'amour n'a qu'un temps! Tu m'as gardée près de quatre mois, c'est plus que je ne vaux! Cependant, tu en conviendras, tout le temps que je suis restée avec toi, n'est-ce pas, tu n'as rien eu à me reprocher? J'ai été bien sage, bien raisonnable! Oh! c'est que je t'aimais tant, mon Bénédict! Aussi, je ne t'en veux pas, je ne t'en voudrai jamais! Tu m'as appris ce dont je ne me doutais pas moi-même : c'est que j'étais capable de quelque chose de bien, de bon... d'honnête!... Mieux vaut tard que jamais, pas vrai?... Au fait, non! Pour moi, mieux aurait valu peut-être... Mais, je suis godiche!... Malgré moi, à mon tour... Bénédict, tu me la donneras cette chanson de l'*Adieu*, je t'en prie... Tu... Mon Dieu! mon Dieu! mon Dieu! Oh! l'on souffre trop à retenir ses larmes! Bénédict! Bénédict, pardonne-moi... laisse-moi pleurer aussi, je me sauverai après!

Virginie était tombée dans mes bras, pendant quelques minutes le bruit de nos sanglots confondus troubla seul le silence de l'atelier. Oh! je m'étais cru plus fort que je ne l'étais! J'aimais plus encore Virginie que je ne l'avais pensé! En ce moment, toute idée de séparation s'était évanouie en moi. L'opinion du monde, la colère de mon père, j'étais résolu à tout braver plutôt que de laisser partir la pauvre fille! Ce fut elle la première qui recouvra la force de s'exprimer. Elle me regarda... saisit avec une sorte de rage ma tête à deux mains et couvrit mes yeux de baisers de flamme...

— Chers yeux! murmura-t-elle, chers yeux! je ne vous verrai plus!

— Écoute, dis-je...

Mais elle m'arrêta du geste.

— Non, dit-elle, tais-toi! C'est moi qui vais te faire une proposition; tu l'accepteras ou tu ne l'accepteras pas... je me soumets d'avance à ta volonté. Mon Bénédict aimé, c'est une idée folle de ma part, vois-tu, mais je m'étais fait une fête de t'habiller samedi prochain... pour ton bal.

— Eh bien?

— Attends donc. Eh bien! Oh! d'abord, dès demain matin je remporterai chez moi toutes mes affaires... mon linge, mes robes... ça, c'est entendu!... Mais ensuite... si cela ne te déplaisait pas... d'ici à samedi, je viendrais tous les soirs faire dodo avec toi! Veux-tu?

— Mais certainement que je le veux!

— Merci. Je viendrai tard, bien tard, tu conçois...

— Pourquoi tard? Je t'attendrai... tu viendras, chaque soir, vers les huit ou neuf heures.

— Bon! Et samedi...

— Samedi?

— Eh bien! samedi... quand je t'aurai bien vu... bien admiré... bien embrassé à mon aise, dans ton costume... quand tu partiras pour aller danser... moi...

— Toi, si tu es gentille, tu te coucheras ici, comme à l'ordinaire... et tu m'attendras en dormant.

Virginie réfléchit une seconde.

— C'est cela, au fait, reprit-elle; je t'attendrai... en dormant... et le lendemain...

— Le lendemain nous verrons ce que nous ferons.

— Oui, nous verrons ce que... Mais, tu comprends, mon ange, de cette façon, du moins, en passant la nuit avec toi pendant quelque temps...

— Pendant longtemps!... Si nous ne vivons plus ensemble... tout à fait, rien ne nous empêche de nous aimer encore!

— Encore un peu; sans doute! Enfin, si ma proposition te convient, moi, je te serai bien reconnaissante, entends-tu?

— Mais c'est décidé... On ne peut plus décidé! Tu viendras coucher ici tant que tu voudras.

— Et c'est moi qui t'habillerai samedi?

— Oui! oui... mille fois oui! Ah! ah! Il paraît que c'est ton idée fixe de me voir en abbé! Hum! Est-ce que par hasard ce costume aurait quelques points de ressemblance avec la tunique de Déjanire, Virginie?

— Comment? qu'est-ce que c'était que la tunique de Déjanire?

— Rien! Je riais.

— Mais si : explique-toi, je t'en prie!

— Eh bien! cette tunique était formée d'un tissu empoisonné... et Déjanire l'avait donnée à son amant... parce qu'il l'abandonnait.

— Elle la lui avait donnée... exprès... pour le faire mourir?

— Oh! non! Elle ignorait, au contraire, les funestes vertus de son présent.

— A la bonne heure. Et tu pourrais croire vraiment que j'aurais la pensée, moi... parce que tu me quittes... parce que nous nous quittons...

— Allons! nigaude! Il n'est donc pas permis de plaisanter avec vous, maintenant?

Virginie partit d'un éclat de rire nerveux.

— Si!... si! fit-elle... il est permis... c'est pour plaisanter aussi que je te disais cela! Je sais bien que tu n'as pas peur que je te tue!... Tu es jeune, toi; tu as tout le temps d'être heureux... tu dois vivre!

— Oh! oh! ne dirait-on pas que tu es si vieille, et que...

Virginie s'était levée.

— Minuit et demi! dit-elle en me montrant la pendule.

XVI

Religieuse observatrice des conditions qu'elle avait dictées, le lendemain au matin Virginie opérait son déménagement. En la voyant... *faire ses paquets...* j'avais été forcé, pour ne point l'arrêter à chaque minute, d'en appeler à tout mon courage! Pauvre fée du logis, chassée du logis par la voix de la raison, à chaque minute j'avais été sur le point de lui crier: — Reste! reste encore! Mais l'empêcher d'accomplir sa tâche aujourd'hui, c'était seulement remettre cette tâche à demain... Et puis... puisque nous ne nous séparions pas tout de suite... et pour tout à fait... pourquoi me serais-je opposé à l'exécution d'une mesure prudente?

— Ce soir! fit Virginie, quand le commissionnaire, chargé de porter ses hardes dans un fiacre, eut achevé son dernier voyage.

Et elle m'embrassa presque allègrement et s'enfuit... sans se retourner, il est vrai.

Le soir, à huit heures sonnant, elle arrivait chez moi. J'étais avec Prosper, à qui j'avais tout conté et qui, tout en plaignant du fond de l'âme la *petite*, avait reconnu pourtant la sagesse des remontrances paternelles, et m'avait loué de m'être rendu sans balancer à ces remontrances. Virginie se jeta à mon cou en entrant, comme si nous ne nous fussions pas vus depuis des années... Ce fut, du reste, la seule marque extraordinaire d'émotion qu'elle manifesta. Toute la soirée, elle se montra aimable et enjouée comme à son ordinaire; plus aimable et enjouée qu'à son ordinaire, peut-être. Allons! pensais-je, tout est bien qui finit bien! Il s'agit seulement de bien finir, à ce qu'il paraît. Et nous finirons bien, j'espère, tout doucement... sans cris... sans secousses! Le plus fort est fait. Le samedi arriva, le fameux jour du bal de M. de Brionne. Le matin, Virginie m'avait dit:

— A quelle heure partiras-tu?

— Mais ni trop tôt ni trop tard... à dix heures.

— Tu as tout ce qu'il te faut, indépendamment de ce que je t'ai apporté?

— Les souliers à talons rouges, les bas de soie et les gants, oui!

— Bien! A tantôt, alors.

— Mais rien ne t'empêche de venir comme tous les soirs!

— Oh! j'y compte bien aussi.

— Au contraire, comme je ne passerai pas cette soirée entière avec toi, viens plus tôt que de coutume.

— Volontiers.

Prosper, qui était un peu indisposé depuis quelque temps, m'avait averti que je ne le verrais pas ce soir-là. Nous étions donc seuls, Virginie et moi. Jusqu'à neuf heures, assis tous deux près du feu, nous causâmes de son théâtre, où elle avait, disait-elle, l'intention de rentrer avant peu... de mes travaux... de mes projets de travaux. A neuf heures, elle me dit gaîment:

— Il serait temps de songer à ta toilette, mon ami.

— Allons donc! répliquai-je, une heure pour m'habiller?

— Ce n'est pas trop! On ne se met pas tous les jours en abbé! Cependant, avant de nous occuper de cette importante affaire, reprit Virginie, toujours très-gaie, pour récompenser votre servante de ses soins, monsieur, daigneriez-vous lui accorder une faveur?

— Laquelle? Tu veux que je t'embrasse?

— Oh! tu m'embrasseras aussi... mais ce n'est pas cela. Je serais bien contente si tu me chantais l'*Adieu!* Je t'en prie!

Cette demande n'avait rien de bien extraordinaire en soi, — l'*Adieu*, je vous l'ai dit, étant la mélodie chérie de Virginie, — et la manière dont cette demande était exprimée n'avait rien non plus qui pût me donner à penser.

— Mais tu le sais aussi maintenant, je crois, cet air, répliquai-je, en me mettant au piano; pourquoi ne le chantes-tu pas?

— Oh! moi!... ce sera pour une autre fois!... D'ailleurs, je ne le sais pas bien encore. Cela me servira de t'entendre.

Je chantai. A la dernière mesure, Virginie, qui jusque-là s'était tenue appuyée sur mon épaule et comme plongée dans une sorte d'extase, Virginie, m'embrassant au front, me dit de l'accent le plus simple:

— Merci, mon ami. A présent, je suis payée. A ma besogne!

Et elle courut vers l'armoire où était renfermé le costume. Ce costume était vraiment une petite merveille de richesse, de simplicité et d'élégance tout à la fois. Il m'allait d'ailleurs comme s'il eût été fait pour moi. Virginie avait procédé avec un soin minutieux à ma toilette... qui ne dura pas moins d'une grande heure, en vérité! J'étais entièrement habillé qu'elle découvrait encore quelque détail à inspecter, à réformer! C'était une boucle de la perruque qui tombait mal, un pli du jabot qui tombait trop; et tout en me faisant tourner, virer, marcher devant elle, elle répétait sur tous les tons de la gamme admirative:

— Charmant! Charmant! Distingué! Gracieux!

J'avais ordonné à mon concierge d'aller me chercher une voiture; il monta m'annoncer que le véhicule était en bas. — Adieu! dis-je à Virginie.

Je m'approchais d'elle pour l'embrasser...

— Eh bien! continuai-je, la voyant immobile comme une statue.

Elle parut sortir d'un rêve.

— Oh! pardon! pardon! mon ami! fit-elle en se baissant pour frotter, avec son mouchoir, l'acier d'une de mes jarretières.

— A quoi pensais-tu donc? repris-je.

Elle sourit..... un sourire que je vois encore.

— Mais.... je pensais que personne ne sera aussi bien costumé que toi à ton bal!

— Oui, oui... c'est convenu! Je suis magnifique! superbe!... Mais, dis-moi, tu te souviens de ce que tu m'as promis?

— Ce que je t'ai promis?

— Comment, tu as oublié...

— Oh! non, non! Je vais me coucher et t'attendre!... Mais certainement! Où veux-tu donc que j'aille? Adieu, Bénédict; amuse-toi!

Je m'éloignai.

— Ah! dit-elle en courant à moi, embrasse-moi encore une fois..... pour que je m'endorme heureuse!

XVII

Vous ne vous moquerez pas trop de moi, Spindler, si je vous dis que j'eus un succès fou, dans mon costume d'abbé, au bal de M. de Brionne. Vous vous moquerez moins encore, — en vous rappelant que je n'avais que dix-neuf ans alors, — si je vous dis que je fus très-sensible à ce succès. Les jeunes hommes me regardaient avec envie; les femmes avec complaisance; les vieilles gens louaient tout haut ma bonne tournure et ma bonne mine. Peu s'en fallut que je ne me crusse devenu tout de bon un de ces sémillants abbés du temps de Louis XV, qui n'avaient qu'à paraître pour voir voler vers eux tous les cœurs!...Mon père et ma mère n'avaient pas été les derniers à me complimenter sur le choix et le goût de mon travestissement. Seulement, ma mère s'était contentée de me dire:

—.Tu es très bien ainsi!

Tandis que mon père, plus curieux, m'avait dit:

— Où as-tu loué cela?

Ce à quoi j'avais répondu, avec un aplomb imperturbable... — préparé que j'étais à l'attaque:

— Chez Babin.

Ç'aurait été bien le diable, qu'en m'affublant de la peau du renard, je n'en eusse pas aussi emprunté le caractère. Parmi les jolis yeux qui avaient le plus favorablement accueilli mon apparition au bal de M. de Brionne, il en était deux dont les éclairs, dardés sur ma petite personne, l'avaient principalement flatté. Ces yeux, dans lesquels ma fatuité d'adolescent croyait lire une expression engageante, appartenaient à une jeune fille de seize à dix-sept ans, revêtue du costume des paysannes des environs de Catane, et vive, et pimpante, et adorable sous ce costume. Entre une polka et un quadrille, je m'informai près du fils de M. de Brionne, — un aimable et spirituel garçon, — des noms, titres et qualités de la Catanaise.

— Ah! ah! fit Ernest de Brionne, voilà déjà que mademoiselle Emmeline Riquier vous a tourné la tête, monsieur l'abbé!

— Ah! elle se nomme Emmeline Riquier?

— Oui, elle est fille unique... et elle aura trois cent mille francs de dot.

— Sa dot n'est point ce qui m'intéresse.

— C'est juste! j'oubliais que les gens d'église ne se marient point! Mais alors, permettez, monsieur l'abbé, puisque vous ne pouvez pas épouser, auriez-vous, par hasard, sur mademoiselle Riquier des vues malséantes? Peste! C'est que, comme fils du maître de la maison, je préviendrais immédiatement les parents, moi!

— Ne vous moquez point, Ernest! Je trouve mademoiselle Emmeline charmante, et.....

— Et allez le lui dire, parbleu! Qui vous en empêche? repartit Ernest en riant.

Et, baissant la voix, après avoir, par surcroît de précaution, regardé autour de lui, Ernest ajouta:

— Plaisanterie à part, Bénédict, on assure que mademoiselle Emmeline Riquier reçoit fort bien les jolis garçons qui lui disent qu'elle est ravissante.

— Ah! elle est coquette?

— Si coquette que celui qui l'épousera, assure-t-on encore, aura à s'en mordre souvent les doigts. Du reste, poursuivit Ernest, toujours riant, je me fais l'écho d'une foule de cancans... je suis un misérable, peut-être!... Mais, au bal, même chez soi, n'est-ce pas, il faut bien être un peu méchant? Bref, comme votre âge vous garantit de toute velléité matrimoniale, mon cher Bénédict, et puisque cette sirène vous attire... tâtez le terrain!... La seule récompense que je vous demande, en échange de mes renseignements, c'est de me dire si mademoiselle Riquier est au-dessus ou au-dessous de sa réputation. Entre jeunes gens, on se doit de ces petits services-là.

L'orchestre préludait à un quadrille. Je courus inviter mademoiselle Emmeline Riquier.

La réputation de mademoiselle Emmeline Riquier n'était point usurpée, il ne me fallut que cinq minutes pour en acquérir la certitude. Mademoiselle Emmeline Riquier était coquette!... oh!... mais coquette!... de cette espèce de coquetterie fort rare, d'ailleurs, et heureusement, chez les femmes et encore plus chez les jeunes filles du monde, qu'on pourrait presque qualifier d'effrayante. Il est vrai que, dans les dispositions qui résultaient pour moi des confidences d'Ernest de Brionne, j'aidais peut-être, d'une manière considérable, au développement des instincts avancés de mademoiselle Emmeline. Quoi qu'il en fût, la contredanse n'était pas terminée, que je savais où demeurait mademoiselle Riquier, et à quelles promenades, à quels théâtres elle allait le plus habituellement. Je passe sous silence les discours enthousiastes que je lui tins sur sa beauté, sa grâce, son esprit; mais je dois rapporter qu'en la reconduisant à sa place, je lui avais fort amoureusement pressé le bout des doigts... Et qu'elle s'était engagée à me donner la prochaine valse... Elle valsait! Ses parents lui permettaient de valser! Je pouvais tout espérer!

Pour mon excuse, Spindler, — car, vraiment, à ce passage de mon récit, vous vous dites tout bas peut-être que, pour un jeune homme bien né, je me comportais d'une façon assez risquée au bal de M. de Brionne, en y courtisant ainsi, de prime saut, des jeunes filles plus ou moins légères. — Pour mon excuse, vous daignerez remarquer que c'était non-seulement après avoir causé avec Ernest de Brionne, mais encore après avoir vidé plusieurs verres de punch, que je me montrais si entreprenant. Et puis, ai-je besoin de m'excuser? Quand vous aviez vingt ans, Spindler, et que vous étiez au bal, ne vous est-il pas arrivé maintes fois, aux sons d'une musique enivrante, dans cette atmosphère saturée d'effluves embaumés, au milieu d'une foule de femmes jeunes et jolies, aux épaules nues, aux yeux noyés, aux lèvres entr'ouvertes, ne vous est-il pas arrivé, dis-je, de rêver que les préceptes de morale et de chasteté pourraient bien n'être que de sottes élucubrations sorties d'un cerveau glacé?... Et que là où le désir, excité par tant de mobiles, régnait presque sans contrainte, il était stupide,

Le dimanche à Montmorency.

pour ne pas dire cruel, de ne pas permettre au plaisir de régner en maître à son tour? « L'occasion fait le larron, » dit le proverbe. Pères et maris, qui ne voulez point que les jeunes hommes soient saisis d'accès de démence près de vos filles et de vos femmes, ne conduisez pas au bal vos femmes et vos filles à demi habillées. Nos regards, les lois de la mode et l'amour-propre de ces dames y perdront sans doute... mais votre honneur, votre sécurité et la décence y gagneront.

On dansait dans plusieurs salons. L'un de ces salons, je l'avais observé, était un peu moins éclairé que les autres, et, par cela même, moins fréquenté; — au bal, les femmes aiment à voir et à être vues: — ce fut dans ce salon qu'au signal de la valse j'entraînai doucement mademoiselle Emmeline. La quasi-obscurité de ce lieu me souriait; quelques couples, guidés par le même sentiment que moi peut-être, nous suivirent. C'était assez pour que nous ne fussions point remarqués, ce n'était pas trop pour nous gêner. Que dis-je à Emmeline tandis que, serrés l'un contre l'autre, nous tournoyions sur le parquet glissant? Le sais-je! Elle allait le lendemain au Théâtre-Français: Voilà ce que je me rappelle; elle n'aimait personne... donc elle voulait bien m'aimer: voilà ce qu'elle me répondit.

Cependant le rhythme de la valse s'alanguissait... quelques secondes encore, et il faudrait s'arrêter... se séparer!...

— Vous danserez avec moi la contredanse suivante? murmurai-je.

— Non.

— Pourquoi?

— Il est tard; ma mère a parlé de partir.

— Déjà!

— Déjà.

— Alors nous nous verrons demain... aux Français?

— Si vous y venez... oui.

— Oh! si j'irai! et d'ici là... vous penserez à moi?

— Oui.

— Vous me le jurez?

— Je vous le jure.

— Dites-le mieux que cela!

— Comment?

— Tournez un peu la tête de mon côté!

— Mon Dieu! prenez garde! Si l'on nous voyait!

— On ne peut nous voir! Emmeline, je vous aime! je vous...

Je n'achevai pas. J'étais dans un de ces moments où l'on ne doute de rien! Mes lèvres étaient si près de celles d'Emmeline!... Elles ne purent résister à la tentation... elles les effleurèrent d'un baiser rapide, mais ardent! Emmeline poussa une exclamation étouffée. Toute coquette et inconsidérée qu'elle fût, elle ne s'attendait certes pas à une telle conclusion d'une première rencontre.

XVIII

Ce n'était que trop vrai, Emmeline quittait le bal. Victime de l'obéissance filiale, je la vis, quelques minutes après la valse, se diriger entre ses deux tyrans, — son père et sa mère, — du côté du vestiaire. Je demeurai rêveur à la place même où je m'étais séparé de la jeune fille. Quelqu'un me toucha le coude: c'était Ernest de Brionne.

— Eh bien? fit-il.

Je rougis; il me semblait qu'il devait voir sur mes lèvres les traces du baiser.

— Eh bien! quoi? repris-je.

— Comment! Quoi! sont-ce là nos conventions? Où en êtes-vous avec mademoiselle Riquier, l'abbé?

— Où j'en suis? Mademoiselle Riquier est une jeune personne des plus séduisantes, voilà tout.

— Voilà tout! c'est trop peu! Et vous avez valsé avec elle!... L'abbé, vous êtes un faux frère!...

— Ernest, je vous certifie...

— L'abbé, je vous retire mon amitié! A l'avenir, ne comptez plus sur le moindre renseignement de ma part!

— Mais écoutez-moi donc!...

— Que je vous écoute vous extasier sur les vertus de mademoiselle Emmeline, n'est-ce pas? Inutile! je ne vous croirais point. Vous avez manqué à votre parole, l'abbé, je vous méprise; au revoir.

Et, sans vouloir m'entendre, Ernest me tourna le dos. Cependant la nuit s'avançait. Depuis qu'Emmeline n'était plus au bal, le bal avait perdu pour moi la moitié de ses charmes. Je pensai à me retirer à mon tour. Comme cette pensée me venait, une autre me frappa presque immédiatement: Virginie m'attendait... C'était la première fois de la nuit que j'y songeais!

— Je ne l'aime donc plus! me dis-je, surpris, et presque honteux, d'un oubli si prompt et si complet!

Pauvre Virginie! Pendant toute cette nuit employée par moi à parler d'amour à une autre femme, elle n'avait pas dormi une minute, elle, peut-être, en pensant à moi!... Et, peut-être aussi, elle avait pleuré!

Je sortis des salons de M. de Brionne, enveloppé dans mon manteau, car il faisait un froid de loup; je montai en voiture. M. de Brionne demeurait rue Louis-le-Grand. Chose étrange! durant le trajet de la rue Louis-le-Grand à la rue d'Enghien, je repoussai avec une sorte de terreur loin de moi l'image d'Emmeline pour ne sourire qu'à celle de Virginie!

Une veilleuse brûlait dans mon antichambre: une précaution de Virginie; près de cette veilleuse elle avait placé une bougie que j'allumai... Comme je m'arrêtais dans l'atelier pour me débarrasser de mon manteau, je crus distinguer un léger bruit du côté de la chambre à coucher: le bruit d'une voix prononçant confusément quelques paroles...

— Oui! c'est moi! dis-je.

Virginie m'avait entendu rentrer. Elle ne me répondit point pourtant. Ma perruque, mon manteau, mon chapeau jetés sur un divan, je repris le flambeau et j'entrai dans la chambre à coucher... et je demeurai stupéfait... Je m'étais donc abusé en croyant ouïr une voix! Virginie n'était pas là.

Je m'approchai du lit... il était ouvert, mais vide. On ne s'y était point couché et l'on n'avait même pas eu l'intention de s'y coucher, car les deux oreillers, disposés d'ordinaire côte à côte sur le traversin, étaient placés, cette nuit, l'un sur l'autre, n'attendant qu'une seule tête. Mon premier mouvement, en apercevant la chambre déserte, avait été celui de la stupeur; de l'étonnement je passai à la colère. Je m'imaginai que Virginie, dans le but de me tourmenter un peu, s'était cachée.

— Virginie! Virginie! criai-je, me préparant déjà à la gronder.

Et je me mis à visiter chaque pièce de mon appartement, ouvrant chaque armoire, chaque placard, soulevant les rideaux, les tentures... Mais j'en fus pour mes recherches; Virginie n'était cachée nulle part. Je revins dans la chambre à coucher. Du moins, s'il lui avait plu de partir, au mépris de sa promesse, elle m'avait laissé un mot d'explication. Je regardai sur la table de nuit, dans les tiroirs, sur les meubles, sur les chaises... Rien! Je soulevai les oreillers... Ah! un papier!... L'écriture de Virginie! Voici ce que disait ce billet:

« Quand tu liras ceci, Bénédict, je serai morte. Ne m'en veuille pas! Ce n'est pas ma faute, mais j'aime mieux mourir que de souffrir comme je souffre depuis huit jours. Je ne te fais aucun reproche; tu ne pouvais pas me garder malgré ton père! Et puis, ton père ne t'eût pas ordonné de me quitter que toi-même, un jour, tu m'aurais mise à la porte! On te l'avait dit, tu sais? « On ne garde pas une maîtresse comme moi. » Ah! c'est égal, il y a des gens qui vont joliment rire en apprenant que je me suis tuée par amour... moi... Passe-Lacet!... Mais tu ne riras pas, toi, n'est-il pas vrai, mon Bénédict? Tu ne te moqueras pas de la pauvre morte!... Si tu voulais me faire plaisir, — oh! cela ne doit pas coûter bien cher d'ailleurs, — tu m'achèterais un petit terrain à Montmartre avec une croix de bois... rien qu'une croix... sur laquelle on mettrait mon nom et, au-dessous de ce nom, le mot: *Adieu!*... Adieu! c'est presque le premier mot que nous nous sommes dit... tu te le rappelles, le soir, dans ton atelier, à ton piano? C'est aussi le dernier mot de nos amours! Mon bon Bénédict, je te souhaite toute la prospérité et tout le bonheur dont tu es digne, et... et je n'ai pas le courage de t'en écrire davantage. Je suis seule dans cette chambre où nous avons passé de si douces nuits... Je sais bien qu'il ne tient qu'à moi de te revoir encore... Mais non! j'ai décidé que ce serait pour cette nuit... je me suis donné jusque-là il y a huit jours... je ne faiblirai pas. Adieu! adieu! adieu!... Oh! comme je t'aimais, Bénédict! Et quel dommage que je n'aie pas eu dix-neuf ans comme toi! Peut-être alors que... C'est drôle, cela me brise de t'écrire... — pourras-tu me lire, seulement? je ne vois pas, moi-même, mes lignes!... — et je voudrais que cette lettre ne finît jamais! Allons, onze heures sonnent... Tu entres au bal à cette heure, toi! Il est temps que je parte. Adieu! La croix en bois noir, je t'en prie, à Montmartre; ma mère y repose. Adieu, Bénédict! Si je te cause quelques ennuis, pardonne-le-moi... cela ne m'arrivera plus! Adieu! »

XIX

Je n'avais pas achevé de lire cette lettre que je m'étais déshabillé et rhabillé. En sortant de chez moi, je me heurtais, comme un homme ivre, contre les meubles, contre les murailles. Je n'y voyais plus. Je ne pleurais pas, pourtant... je ne pouvais pas pleurer.

Ma première pensée avait été de me rendre chez Virginie; mais au moment de prendre ma course vers la rue de la Victoire, une réflexion me retint. Virginie ne m'avait pas dit de quelle manière elle allait mourir... Peut-être n'était-ce pas chez elle qu'elle avait accompli son horrible résolution!... En tout cas, je sentais la nécessité d'avoir avec moi quelqu'un pour me soutenir, pour me conseiller. . Prosper habitait à quelques pas... je courus chez lui. Il était tout au plus six heures; les portiers parisiens ne sont point matineux, en hiver surtout, il me fallut attendre longtemps avant de franchir le seuil de la maison de Prosper. Enfin j'entrai! Je grimpai quatre à quatre les étages. Mais là encore, que de temps perdu! Prosper était-il absent, qu'il n'accourait point au bruit de la sonnette? Non, le voici; je l'entends marcher!..

— Qui est là?

— Moi, Bénédict.

Il a ouvert; je me précipite.

— Habille-toi.

— Qu'y a-t-il donc?

— Habille-toi! Virginie s'est tuée!... Virginie est morte!

— Mon Dieu!

Prosper a allumé une bougie, car le jour n'a point encore paru; tandis qu'il cherche en toute hâte ses vêtements, je suis tombé sur une chaise. Que se passe-t-il en moi? Je ne m'en rends pas compte, mais je me sens mal, bien mal. Le froid m'aura saisi... je grelotte... je frissonne.., mes dents se choquent... mon front est brûlant et glacé tout à la fois!...

— Je suis prêt, dit Prosper, Je ne l'ai pas entendu. — Je suis prêt, reprend-il.

— Ah!

J'essaie de me lever... impossible! Mes jambes refusent de me supporter.

— Bénédict! s'écrie Prosper en me saisissant dans ses bras; mon ami!

Je le regarde en cherchant à rassembler mes idées. Tout tourne autour de moi... en moi tout s'anéantit! Mais Virginie, Virginie qu'on pourrait sauver encore, peut-être! Par un suprême effort, j'ai tiré de ma poche la lettre de la malheureuse fille et je la tends à Prosper.

— Va! va! dis-je; elle! elle d'abord!

. . . .

Pendant trente-six heures je restai sans connaissance, entre la vie et la mort. Quand je revins à moi, c'était un soir; à la faible clarté d'une lampe j'aperçus mon père et ma mère assis près de mon lit; derrière eux se tenait Prosper.

— Où suis-je? murmurai-je.

— Chez moi! dit Prosper.

Mon père et ma mère se penchèrent vivement de mon côté.

— Il ne faut pas parler, dit mon père, le médecin le défend.

— Si tu nous aimes, dit ma mère, il faut obéir au médecin.

Je les considérai tous deux sans les comprendre. Tout à coup je poussai un cri. La lumière se faisait dans mon esprit.

— Et Virginie! Virginie!

Ma mère s'était agenouillée à mon chevet, sa tête touchant la mienne sur l'oreiller.

— Bénédict! mon fils, mon âme! balbutiait-elle en sanglotant, veux-tu donc me voir mourir devant toi! Sois calme, au nom du ciel, sois calme! Plus tard, entends-tu, nous causerons! Plus tard, tu sauras tout! D'ici là, mon Bénédict, ma vie, aie foi en ta mère! Tes douleurs sont les siennes!... Tes désirs sont ses désirs! Ce que tu aurais fait a été fait, je le jure! Crois-moi!...

Puissance bénie de cette voix qui a bercé vos premières douleurs, apaisé vos premières plaintes! Pendant que ma mère s'exprimait ainsi, j'avais peu à peu fermé les yeux. Je m'endormais!.. Mais, en m'endormant, par une sorte d'effet magnétique produit sur moi par les paroles caressantes de ma mère, je devinais, je voyais tout ce qui s'était passé depuis que j'étais sur mon lit de souffrances..... « *Ce que tu aurais fait a été fait.* » J'étais moins désespéré; ma mère elle-même avait donné une tombe, suivant son vœu, à cette pauvre fille qui m'avait tant aimé.

XX

Le premier épisode de mon histoire se termine ici, Spindler. Ma maladie était une fièvre cérébrale provoquée par une commotion morale trop violente; des soins intelligents et la vigueur de ma constitution me sauvèrent. Lorsque je fus en état de l'entendre sans danger, Prosper me raconta tout ce que je voulais savoir, tout ce qui avait rapport à Virginie. Virginie était morte par l'asphyxie. C'était lui qui, après avoir été chercher un médecin pour veiller sur moi, s'était rendu rue de la Victoire, où il avait trouvé la malheureuse fille inanimée depuis longtemps déjà. Ma mère, à qui Prosper, en veillant avec elle à mon chevet, avait appris le lugubre dénouement de mes amours avec Virginie; ma mère, qui avait lu en pleurant les adieux de la vierge folle, voulut absolument subvenir de sa bourse aux frais d'inhumation. Peut-être, en accomplissant elle-même ce devoir, ma bonne mère pensait-elle, au fond de son âme, que Dieu lui saurait gré de sa pieuse action et consentirait d'autant mieux à lui laisser son fils. Prosper était le seul homme qui eût assisté aux obsèques de Virginie. En revanche, une trentaine de femmes, au moins, suivaient le corbillard; toutes figurantes ou choristes de l'Opéra-Comique... toutes habituées de Mabille... toutes lorettes..... Mais le chagrin épure et ennoblit; Prosper ne vit derrière le cercueil que des femmes qui pleuraient.

Vers la fin du mois de décembre nous nous rendîmes au cimetière Montmartre, à la tombe de Virginie. Elle était bien simple... telle qu'elle me l'avait demandée : une pierre, une croix en ébène... sur cette croix son nom.... Et le mot : *Adieu!*

—Ah! dit Prosper, le soir où je lui enseignai la mélodie de Schubert, à cette pauvre petite, je ne pensais pas que j'en répéterais sitôt le refrain sur son tombeau! Et pourtant j'aurais dû me douter qu'elle nourrissait quelque projet sinistre! Au surplus, tu t'en souviens, quand tu rentras alors, elle avait pleuré... et j'étais triste!

—Et pourquoi ne me fis-tu point part de tes soupçons?

Prosper secoua tristement la tête.

— Pourquoi? Eh! parce que tu n'y aurais pas plus cru que je ne voulais y croire moi-même. Soyons francs: on ne croit guère aux femmes qui se tuent par amour que lorsqu'on les voit mortes.

XXI

Bénédict se taisait; et je ne sais, lecteur, si le récit que je viens de vous rapporter a produit sur vous la même impression qu'il produisit sur moi, mais, lorsque Bénédict se tut, j'essuyai une larme. Le train s'arrêtait; nous étions à Château-Thierry: une station.

— Descendons-nous une minute? dis-je. Si le Ringuet tente de nous harponner derechef, je me charge de le repousser avec perte; je tiens trop à entendre la suite de vos *Baisers maudits*. . quoique, jusqu'ici, je le confesse, je ne voie pas trop dans votre histoire ce qui peut justifier ce titre. A moins que...

— A moins que mademoiselle Emmeline Riquier ne prenne une part plus active à l'action, n'est-ce pas?...

— C'est ce que je pensais.

— Et vous pensiez juste. Mais venez; après tout, nous serions par trop niais, de peur d'un imbécile, de nous priver de nous dégourdir les jambes et de boire un verre de madère.

Nous nous dirigeâmes vers le buffet. Cinq minutes après nous remontions en wagon. De Ringuet, point. Il nous avait probablement fait la grâce de s'endormir sur sa bouteille de sillery crémant et ses petits pâtés froids. Le convoi s'était remis à rouler, nos cigarettes étaient allumées.

— Second épisode? dis-je.

— Second épisode : commença Bénédict. C'était en 1834, cinq ans après les événements que je vous ai racontés, par un beau matin de mai. Ce matin-là, à mon lever, me sentant pris d'une soif ardente de grand air et d'une passion subite pour l'herbe et les feuilles nouvelles, je m'étais empressé d'écrire cette ligne, que j'avais envoyée par mon domestique à Prosper: « Nous allons nous promener à la campagne; je t'attends. » Puis je m'étais mis à ma toilette, bien certain qu'elle ne serait pas encore terminée que Prosper serait déjà chez moi.

Car, avant que je continue, Spindler, il faut que vous sachiez bien que ces cinq années qui venaient de s'écouler n'avaient fait que resserrer plus intimement les liens de l'amitié qui nous unissait, Prosper et moi. Je vous ai dit précédemment, je crois, que l'affection que me portait Prosper avait des similitudes avec celle du caniche pour son maître. Avec le temps, Prosper ne s'était plus contenté de ce rôle, déjà assez estimable pourtant, par l'égoïsme qui court, d'ami fidèle et dévoué ; il était devenu, en quelque sorte, mon ombre, mon écho. Où j'allais, il allait; ce que je disais, il le disait. Cependant, ombre salutaire, écho utile, Prosper, ces cinq années durant, avait considérablement aidé à me pousser dans la voie du bon et du bien. C'est ainsi que, par ses conseils, en quittant l'atelier de M. Cogniet, je m'étais rendu... — en sa compagnie, comme de raison, en Italie, où j'avais étudié, trois ans de suite, les grands maîtres ; c'est ainsi que, depuis mon retour à Paris, guidé par lui encore, si j'avais produit très-peu, j'avais du moins produit toujours en progressant. Par moments, saisi d'un transport d'admiration et de reconnaissance ineffables pour cet homme, il m'arrivait de lui crier : — Mais donne-moi donc quelque chose à faire pour toi, toi qui fais tant pour moi!

— Bah! répondait alors Prosper, avec son beau sourire, que me donnerais-tu? J'ai tout ce qu'il me faut... et je le prouve. Suis-moi bien. J'aurais été un exécrable peintre, tu as du talent; on n'aurait parlé de toi que pour te couvrir d'éloges. Or, si tu as du talent et de la réputation, à qui le dois-tu? Tu l'avoues toi-même: à moi, qui ai pris à tâche de te corner sans cesse aux oreilles: « Travaille, tu parviendras. » Tu es donc mon ouvrage... J'ai donc le droit d'être fier et orgueilleux de toi. Que puis-je souhaiter encore? Je le répète, j'ai tout ce qu'il me faut.

XXII

Je l'eusse parié: je n'avais pas mis mon paletot que Prosper arriva.

— Me voici! fit-il gaiement. Nous allons nous promener!... ça me va! Il fait beau; et puis, tu as énormément pioché toute la semaine dernière, tu as besoin de repos. Et vers quelle contrée fleurie nous dirigeons-nous?

— La plus proche.

— Nogent-sur-Marne? Chatou? Asnières? Saint-Germain? Saint-Cloud?

— Choisis.

— Non. Puisque tu ne tiens pas plus à un endroit qu'à un autre, laissons au hasard le soin de décider. Tu as un *Indicateur des Chemins de fer*, ici?

— Oui... là-bas... parmi ces journaux.

— Bon! Je vais te montrer comment on s'y prend pour consulter le sort. C'est infiniment plus simple que la *grande réussite* des augures de Rome!...

Prosper avait étendu l'*Indicateur* fermé sur une table. Le dos tourné à cette table, il glissa, à l'aventure, sa main, munie d'une épingle, entre les feuilles de la brochure. L'épingle piquée sur un point, il fit volte-face.

— Ligne du Nord! s'écria-t-il, service spécial de la banlieue de Paris. Les dieux l'ordonnent: nous allons à Montmorency.

— Allons à Montmorency.

— Allons à Montmorency...

Cueillir des cerises...

comme chante Nadaud! Si nous n'y trouvons pas encore de cerises, nous nous rattraperons sur la violette et le muguet.

Montmorency m'a toujours paru un des endroits les plus pittoresques des environs de Paris. J'aime à gravir cette colline qui supporte le village, et du haut de laquelle on jouit d'une vue qui n'a rien à envier à la Suisse. A vos pieds, une plaine immense, divisée, comme un échiquier, en une infinité de cases diversement recouvertes de cultures; au-delà, l'étang, ou, plus ambitieusement le *lac* d'Enghien, avec sa ceinture verdoyante de grands bois; Saint-Denis et son clocher pyramidal; au loin encore, au fond de la vallée, Paris et ses monuments, Paris et ses fumées qui se forment en nuages; Paris dont, malgré la distance, on s'imagine entendre le murmure, habitué que l'on est à y vivre au milieu de ses mille bruits, de son tumulte incessant.

La marche nous avait donné un appétit de chasseurs; notre premier soin fut donc, en arrivant à Montmorency, de nous rendre à l'auberge des *Trois Mousquetaires*, les *Frères-Provençaux* du pays.— Assis sous une tonnelle de vigne vierge et de cobæas, ombragée elle-même par le feuillage épais de châtaigniers séculaires, nous faisions disparaître un poulet à la Marengo tout en sablant un petit vin de Pouilly qui n'était, ma foi, pas trop rèche, pour du Pouilly de Montmorency!... Soudain nous relevâmes la tête, Prosper et moi. On avait prononcé mon nom à quelques pas, sur la route, au bas de l'éminence sur laquelle est bâtie l'auberge. Celui qui m'appelait était un jeune homme à cheval...

— Ernest de Brionne! m'écriai-je.

Ernest de Brionne avait déjà sauté à terre: il confia sa monture, — une superbe bête, — à un petit paysan, et montant vers nous:

— Comment, fit-il en saluant Prosper et en me tendant la main, comment, Bénédict, vous fréquentez mon hameau et vous ne venez pas m'y demander l'hospitalité!

J'avais avancé un siége à Ernest.

— D'abord, mon cher ami, répliquai-je, je vous avouerai en toute humilité que j'ignorais que Montmorency fût votre hameau.

— Allons! vous ne savez pas que j'ai acheté une bicoque par ici cet hiver?

— C'est la première nouvelle! Ensuite, je vous ferai remarquer que je ne suis pas seul, et que, lors même que j'aurais eu l'envie d'aller vous demander l'hospitalité, je ne me saurais pas cru autorisé...

— Pourquoi donc? Monsieur est M. Prosper Millet, que j'ai eu l'avantage de rencontrer plusieurs fois à votre atelier... Eh bien! n'y a-t-il pas un vieux dicton qui dit: « Les amis des amis sont des amis. » Tant pis pour vous, messieurs, mais je vous arrête sur mes terres, je ne vous tiens pas quittes! Vous m'avez frustré du plaisir de vous offrir à déjeuner... vous dînerez chez moi... ou je me fâche... à la mort. Vous accepterez n'est-ce pas? Ah!...

Frappé d'un ressouvenir, Ernest s'était tourné en riant vers moi.

— D'ailleurs, vous vous trouverez en pays de connaissances, à la maison, Bénédict!

— En pays de connaissances?

— Sans doute. J'ai M. et madame Quicherat à dîner.

— M. et madame Quicherat?

— Vous ne connaissez pas Quicherat... l'avoué... et sa femme?

J'écarquillai les yeux.

— Pas le moins du monde!

— Bah! Au fait... depuis quelques années vous avez disparu du monde!... Et tout le monde s'en plaint sans s'en plaindre... vous ne le délaissez que pour mieux l'enrichir!

— Ah! Ernest, prenez garde! Vous abusez de vos droits de seigneur pour railler!

— Je ne raille point, Bénédict! Dieu m'en garde! Tout banquier que je suis, je m'incline devant le talent! Enfin, si vous ne connaissez pas Quicherat, vous connaissez sa femme, du moins! Mademoiselle Emmeline Riquier, voyons... cette agaçante petite Catanaise... avec laquelle vous avez valsé, il y a cinq ans, chez mon père... à ce bal où vous portiez si galamment le costume d'abbé de Gondi?

Je fis un signe d'assentiment. Je me rappelais en effet parfaitement, à cette heure, mademoiselle Emmeline Riquier.

— Vous n'avez donc jamais revu mademoiselle Riquier depuis cette soirée? reprit Ernest.

— Jamais.

— Et vous ignoriez même qu'elle fût mariée?

— Mon Dieu, oui! Je suis parti pour l'Italie peu de temps après le bal de M. votre père...

— Et vous êtes resté assez longtemps par là... deux ou trois ans, je crois... C'est vrai... je vous ai rencontré à votre retour; vous étiez encore tout enthousiasmé des merveilles de Raphaël et de Michel-Ange! Mais si nous parlons de l'Italie, nous négligerons Montmorency. Nous disons donc, Bénédict, que vous me faites l'honneur de dîner chez moi avec M. Prosper Millet, en société de M. et madame Quicherat. Vous verrez! Emmeline est encore plus jolie qu'autrefois! Le mariage lui a profité... et à son mari aussi.

— Plaît-il?

— Rien. Je suis toujours très-mauvaise langue! Un péché d'habitude. J'attends aussi le comte de Châteaulin... un grand personnage... immensément riche! Oh! il n'y a pas de danger qu'il manque à ce dîner, ce cher comte! il a ses raisons pour cela!

— Ses raisons?

— Je vous dévoilerai ce mystère en temps et lieu, Bénédict. Et maintenant, messieurs, désolé de vous quitter... mais un homme qui reçoit ne s'appartient pas. Dépêchez-vous d'en finir avec votre repas de cabaret, pour ne pas laisser ma cuisine en affront. Promenez-vous beaucoup pour digérer plus vite. Et à quatre heures... quatre heures et demie... — à la campagne, on n'arrive pas juste au moment de se mettre à table! — C'est promis, c'est juré!... à quatre heures, chez moi, rue de Paris... la grille en face de l'église... Au revoir, messieurs.

XXIII

Ernest de Brionne s'était éloigné au galop. Nous nous regardâmes, Prosper et moi.

— Que penses-tu de l'aventure? lui dis-je.

— Et toi?

— Cela t'émoustille-t-il d'aller dîner chez Ernest de Brionne?

— Et toi?

— Médiocrement.

— En ce cas, faisons faux bond à Ernest de Brionne! Nous étions venus à Montmorency pour nous promener... promenons-nous donc... et envoyons au diable ces dîners qui vous tombent de la lune!

— D'un autre côté, il y aurait peut-être de l'impolitesse de notre part à manquer à une invitation faite en des termes si cordiaux. Si l'un de nous, encore, avait eu la présence d'esprit de répondre à Ernest de Brionne que nous étions engagés ailleurs!

— Oui, nous n'avons pas été adroits!

— Nous ne nous ennuierons pas trop peut-être, chez Ernest!

— Alors, allons-y.

— Et puis, cette femme dont il m'a parlé... cette Emmeline...

J'avais conté jadis à Prosper l'épisode du bal.

— Oui, oui répliqua-t-il, c'est celle à laquelle tu as donné un baiser, en valsant... cette nuit. . Prosper s'arrêta. Quoique cinq années se fussent écoulées depuis cet événement, il ne pouvait, pas plus que moi, songer sans émotion à la mort de Virginie. — Et, reprit-il vivement en s'apercevant que mon visage s'assombrissait, et tu ne serais pas fâché, monsieur le don Juan, de revoir cette Emmeline, au cœur tendre et aux lèvres roses! Tu veux demander à la femme mariée si la demoiselle se souvient de la variante que tu lui avais enseignée dans la valse à trois temps!

— Oh! ce n'est pas absolument pour cela que...

— Assez, Richelieu! nous dînons chez Ernest de Brionne... c'est signé! D'ailleurs, comme tu le disais, nous nous faisons un épouvantail de ce dîner... et nous nous y amuserons peut-être infiniment! Les parties imprévues sont souvent les meilleures. Quant à moi, pourvu que je ne te quitte pas, et pourvu qu'on ne me mette pas à la petite table avec les enfants! — Par exemple, Bénédict, je t'en supplie, tu veilleras, n'est-ce pas, à ce qu'on ne me mette point à la petite table!

— Tu es bête!

— Eh! dame! je ne suis ni un grand peintre, ni un avoué, ni un comte, moi! Si l'on était trop serré, par hasard!... Garçon!

— Monsieur, je vous sers vos petits-pois, tout de suite.

— Bravo, servez-nous nos petits-pois, garçon! nous mangerons nos petits-pois. Mais écoutez-moi: nous avions commandé aussi une omelette au fromage et une salade...

— La salade et l'omelette *marchent*, monsieur.

— Attendez! c'est justement cela que je voulais vous dire; nous désirerions, s'il était possible, que la salade et l'omelette ne *marchassent* plus! Arrêtez-les, nous n'avons plus faim!

— Mais, Prosper...

— Laisse-moi donc faire, toi! Nous dînerons probablement à cinq heures et demie, six heures, au lieu de sept ou huit, ainsi que nous le pensions, il serait donc absurde de déjeuner comme des ogres! Ton ami, Ernest de Brionne, t'a prévenu; c'est manquer à son hôte que de ne pas faire honneur à son repas! Vous avez entendu, garçon, point de salade ni d'omelette! Nous remplacerons ces entremets par une conversation vive et animée. En revanche, vous êtes autorisé à nous apporter le café.

Notre déjeuner terminé, nous nous enfonçâmes dans le bois. A quatre heures et demie, nous nous présentions chez Ernest de Brionne. Quoi que j'en eusse pu dire à Prosper, le principal motif qui m'avait fait accepter l'invitation d'Ernest de Brionne avait été le désir de revoir Emmeline. Cinq ans auparavant, quand la tombe était à peine refermée sur Virginie, certes, la pensée de chercher à rejoindre cette jeune fille, dont la piquante rencontre coïncidait avec une de mes plus grandes douleurs, cette pensée seule m'eût semblé un sacrilége; cependant, les années, en effaçant peu à peu de mon esprit les traces de la douleur, n'y avaient point détruit le souvenir de la rencontre... — ce qui prouverait que les souvenirs heureux sont plus vivaces que les souvenirs tristes. — Toutefois, depuis mon retour d'Italie, si je n'avais jamais eu l'occasion de me retrouver avec Emmeline, je n'avais rien fait non plus, assurément, pour provoquer une de ces occasions; ma curiosité, car ce ne pouvait être de l'amour que j'éprouvais, n'était pas si impérieuse qu'elle m'obligeât à lui sacrifier d'autres soins. Aujourd'hui c'était différent; une circonstance fortuite me permettait de me rapprocher d'une femme dans la vie de laquelle j'avais tenu peut-être, un instant, une petite place; mon imagination réveillée en sursaut brodait déjà sur l'avenir.

Emmeline me reconnaîtrait-elle? En mémoire du baiser donné à la jeune fille, serait-ce en rougissant... — de plaisir... pourquoi pas ?... que la jeune femme m'accueillerait ?

Si l'aspect d'Emmeline quoique prévu, m'impressionna, j'avouerai humblement que mon entrée dans le salon de Brionne parut la laisser fort calme. Elle était assise et causait, au milieu de plusieurs messieurs et de plusieurs dames, auxquels Ernest me présenta, et parmi lesquels se trouvait le comte de Châteaulin; elle se leva comme tout le monde, répondit comme tout le monde à mon salut... puis reprit aussitôt sa conversation interrompue. J'en étais pour mes frais de château dans le royaume du Tendre !... Emmeline ne se souvenait pas plus de moi que de mon baiser. Le dépit rend injuste.

— Elle a reçu tant de baisers, sans doute, pensai-je, le mien se sera noyé dans le nombre.

Cependant Ernest de Brionne, sous prétexte de me faire visiter sa propriété, m'avait emmené dans le jardin.

— Est-ce que l'heure de me dévoiler les mystères serait déjà sonnée? lui dis-je, intérieurement réjoui à l'espoir de savourer quelques grosses médisances sur le compte de cette belle indifférente, qui ne me donnait pas même la satisfaction d'un semblant d'évanouissement à ma vue!

— L'heure est sonnée ! repartit Ernest, d'un ton mi-enjoué, mi-grave. Mais, avant tout, une question, je vous prie, mon cher Bénédict. Vous venez de voir madame Quicherat ?

— Oui.

— Vous plaît-elle autant que mademoiselle Emmeline Riquier ?

J'éclatai de rire.

— Quelle plaisanterie ! A vous entendre, Ernest, il semblerait que j'ai été amoureux fou de mademoiselle Riquier ! Mais vous savez bien...

— Je sais que, si vous n'avez pas été amoureux fou d'elle, elle a été fort éprise de vous.

— Éprise! allons donc!

— Vous doutez? Deux mots, Bénédict. Vous vous rappelez le bal travesti de chez mon père?

— Parbleu! Puisque c'est là...

— C'est là que certain abbé audacieux donna, en valsant, un baiser à une Catanaise, n'est-ce pas?

— Hein?

— Ne bondissez pas! J'ai vu. Je faisais partie des couples de valseurs qui vous avaient suivis dans ce bienheureux salon... où il y avait si peu de bougies!

— Mais...

— Mais, permettez. Vous concevez que, tout méchant, tout moqueur, plutôt, que je fusse, je ne l'étais pas assez pourtant pour faire un mauvais usage de la découverte que je devais à mon indiscrétion. De là le silence que je gardai alors près de vous sur cette découverte. Cependant, un mois plus tard, à un autre bal, — où vous manquiez, hélas! — m'étant retrouvé avec Emmeline, je ne pus résister au malin plaisir de la railler... tout doucement... sur son faible pour les abbés. Je m'attendais à des dénégations... à de la colère... Point! Au lieu de nier, elle avoua; au lieu de se fâcher, elle me remercia presque de lui avoir fourni l'occasion de parler de vous!... de vous qu'elle regrettait de n'avoir jamais revu... de vous qui lui paraissiez... — je répète ses propres expressions — un jeune homme charmant, spirituel, aimable... De vous qu'elle n'avait point oublié... qu'elle n'oublierait jamais, etc., etc!... Désarmé par tant de franchise, ce fut en ami que j'écoutai mademoiselle Riquier, convaincu que j'étais de ce moment que son renom de coquette, par pur amour de la coquetterie, était mensonger, et qu'il n'eût dépendu que de vous, peut-être, de la rendre vraiment aimable et tendre! Ceci posé, mon cher Bénédict, sans plus nous occuper de ce qui vous empêcha, à cette époque, d'amener à un dénouement plus ou moins victorieux une conquête que vous aviez si brillamment entamée, revenons au présent... et point de réticences inutiles, surtout. Je vous renouvelle donc ma question. Les événements dépendront de la manière dont vous me répondrez. Êtes-vous homme à reprendre, avec madame Quicherat, la partie où vous l'avez laissée avec mademoiselle Emmeline Riquier?

— Mais je ne conteste point que madame Quicherat ne soit une femme fort séduisante.

— Très-bien ! Vous vous sentiriez donc le courage de lui rendre service en l'aimant?

— Le courage de lui rendre service en l'aimant! Quel est ce logogriphe?

Nous étions sous un couvert de tilleuls; Ernest avisa un banc rustique, s'y assit, et, me montrant une place à ses côtés:

— Mon bon Bénédict, reprit-il, je n'ai pas le temps d'entrer dans de grands développements; nous n'avons que quelques minutes à nous, et il serait maladroit de les dissiper sans fruit. Je me bornerai donc à vous dire que, pour des raisons particulières, je serais enchanté de jouer un tour sanglant à un homme... que j'estime fort du reste, et que je reçois très-bien... mais que j'exècre.

— Comment! vous, Ernest, dans votre position indépendante, vous recevez des gens que vous exécrez?

— D'abord, mon cher, je ne suis nullement dans une position indépendante. Je suis banquier et, comme tel, je dois ménager les millionnaires qui me confient leurs millions.

— Ah!

— Mais vous m'interrogez, vous le remarquerez, et si les minutes se perdent, ce sera votre faute.

— Pardon! Je suis muet désormais comme un poisson Vous disiez?

— Je disais que, quoique n'ayant jamais pensé à courtiser Emmeline, j'ai l'avantage d'être avec elle dans les meilleurs termes. D'où datent nos relations amicales intimes? Eh, mon Dieu! de cette soirée où elle m'ouvrit sincèrement son âme. Confident de la jeune fille, je devins, par la suite, le confident de la femme mariée, — un emploi tout honorifique, je vous le répète, et vous me devez croire : on fait rarement sa maîtresse de la femme qui vous a fait son ami. — Or, cet emploi m'autorisant souvent, même avant de recevoir ses impressions, à révéler les miennes à madame Quicherat, vous saurez qu'il y a un mois environ, comme il m'était arrivé de reprocher assez vertement à Emmeline d'encourager les espérances de l'homme dont je vous ai parlé... l'homme que je déteste... voici comment madame Quicherat répondit à mes reproches : « Vous avez tort de me gronder, mon ami ; je n'encourage rien, car, cet homme, je le déteste autant que vous. Par malheur, je n'ai pas la hardiesse de le lui dire, et mon mari est si occupé qu'il ne trouverait pas le temps, lors même que je l'en prierais de me débarrasser d'une cour qui m'obsède ! A défaut de mon mari et de moi-même, je serais donc ravie de rencontrer quelque cœur assez généreux pour se placer entre moi et M. le comte de Châteaulin... »

— Ah ! c'est de M. de Châteaulin qu'il s'agit !

« Toute disposée, poursuivit Emmeline, si le propriétaire du cœur généreux que j'appelle évaluait à quelque prix une semblable récompense, à lui donner, en échange de sa bienfaisante intercession, un amour dont mon mari... qui est si occupé... n'a que faire, et que M. de Châteaulin, qui en ferait quelque chose, lui, peut-être, n'aura jamais... parce que je ne le veux pas. »

Ernest, en achevant ces paroles, me regardait en riant. Je riais aussi.

— En vérité, m'écriai-je, mon cher de Brionne, mais c'est tout simplement le scénario d'une comédie de mœurs... légères, que vous venez de me dérouler là !

— Scénario, soit ! Vous convient-il de vous mettre à la pièce ? Je vous garantis d'avance que vous avez toutes chances de la réussir. J'avais annoncé votre arrivée à Emmeline ; sur mon honneur, rien qu'en apprenant qu'elle allait dîner avec vous, elle a rougi de joie.

— Je ne me le serais pas imaginé ! Elle a à peine eu l'air de me voir lorsque je suis entré.

Ernest haussa les épaules.

— N'auriez-vous pas voulu qu'elle restât coquelicot toute la soirée, pour vous prouver sa satisfaction. C'est bon pour les petites bourgeoises, mon cher, de ne pas mieux cacher leur jeu. Emmeline est plus forte que cela.

— Je le présume bien !

— Enfin, terminons. Devenez-vous mon allié, Bénédict, dans la guerre sourde que je déclare au comte de Châteaulin ? Il m'a enlevé jadis une maîtresse... — Bon ! voilà que je vous montre d'où vient l'orage ! Tant pis ! Je ne m'en repens point. Vous n'en aurez que plus de confiance en moi. — Il m'a enlevé jadis une maîtresse... que j'aimais... Pour me venger, l'empêcherez-vous d'en prendre une... qu'il adore ?

— Mais M. Quicherat, dont vous ne soufflez mot dans tout ceci, Ernest, je ne le connais pas, lui, et il me semble... Ernest fit un nouveau mouvement de dédain.

— Ceci est mon affaire, répliqua-t-il ; M. Quicherat vous suppliera, dès ce soir, de l'honorer de vos visites. Ai-je besoin de vous dire que M. Quicherat, étant trop occupé, laisse à sa femme le soin de recevoir les personnes qu'il invite ?

— C'est un mari débonnaire que M. Quicherat ?

— C'est un avoué, qui a une envie démesurée de faire sa fortune, voilà tout. Sa femme lui a apporté une grosse dot ; il a le bon sens de rendre, en liberté, à sa femme, ce qu'elle lui a donné en argent...

— Je comprends.

— Eh bien ?

— Eh bien ! mais votre conspiration a des côtés tentants, Ernest.

— Vous êtes tenté ! Il suffit. Nous entrons en campagne, alors... Rapportez-vous-en à moi. Justement voici le comte qui se dirige par ici avec madame Quicherat. Pauvre petite femme ! Le monstre ne lui laisse pas une seconde de repos ! Ah ! Bénédict, ce sera œuvre pie de la sauver de cet amoureux-là ! Pour ma part, le jour où le comte de Châteaulin sera contraint de se prosterner devant vous... comme gage de ma reconnaissance, je vous donne... tenez, je vous donne un superbe Decamps ! Hein ! un Decamps et une maîtresse délicieuse, cela mérite bien qu'on prenne la peine d'éconduire un fat !

Je continuais de rire des folies d'Ernest. En ce moment, M. de Châteaulin et madame Quicherat nous rejoignirent.

— Ah ! cher comte, fit Ernest, en courant à son ami, venez donc examiner mes écuries reconstruites à neuf d'après vos conseils ! Et, comme ce spectacle n'aurait rien de bien divertissant pour madame Quicherat... Bénédict, voulez-vous faire un tour de jardin avec madame, mon ami ? Pardonnez-moi, madame, mais vous connaissez ma maisonnette aussi bien que moi... je vous serai infiniment obligé d'en faire les honneurs à M. Mazerolle.

Le comte n'avait pas l'air très-ravi de la proposition d'Ernest. Il abandonna cependant aussitôt le bras d'Emmeline, que je pris avec la froide dignité d'un étranger. Ernest et le comte s'en allèrent d'un côté. Emmeline et moi, nous nous en allâmes de l'autre. La bataille s'engageait. Les hostilités étaient commencées.

XXIV

Emmeline soupçonnait-elle quel avait été le sujet de mon entretien avec Ernest ? Cela était plus que probable ; mais, quoi qu'il en fût, je devais, jusqu'à plus ample informé, feindre d'ignorer l'entente cordiale qui existait entre la femme de l'avoué et le banquier. Apprendre à madame Quicherat ce qu'Ernest venait de me conter, et lui dire ensuite que j'étais tout disposé à l'aimer, n'eût-ce pas été avoir l'air de l'aimer *par ordre ?* Cependant le moment était venu de reprendre, suivant l'expression d'Ernest, avec la femme mariée, la partie où je l'avais laissée avec la jeune fille. *Audaces fortuna juvat.* J'entamai carrément l'affaire.

— Aimez-vous toujours la valse, madame ? dis-je à Emmeline.

Pour le coup, cette fois, elle rougit, et jusqu'au blanc des yeux. J'avais été un peu trop vite, peut-être, mais le sort en était jeté !...

— Pardon, madame, repris-je ; je crois m'apercevoir que ce qui est resté chez moi à l'état de souvenir ravissant n'est peut-être pour vous qu'une ombre bien lointaine et bien effacée ! Mais que voulez-vous ! en vous revoyant tout à l'heure, il m'a semblé que je n'avais encore que dix-neuf ans... et que c'était hier que, dans

LES BAISERS MAUDITS

PAR HENRY DE KOCK.

Il y a, qu'après avoir été désarmé deux fois... (Page 41).

une soirée d'enchantement, j'avais eu le bonheur de vous connaître et de vous aimer tout à la fois.

Emmeline sourit malicieusement.

— S'il vous a semblé ainsi, monsieur, fit-elle, si vraiment vous vous êtes imaginé que c'était hier que nous nous étions trouvés ensemble au bal chez M. de Brionne, pourquoi donc m'avez-vous interrogée comme une personne dont on a été séparé pendant des années? Vous manquez de logique, monsieur, et, pour me persuader que nous n'avions encore, vous que dix-neuf ans, et moi que dix-sept, ce n'était pas « Aimez-vous toujours la valse? » qu'il fallait me dire, mais, « Quand donc valserons-nous encore? »

— Il est possible, madame; je me suis mal exprimé, et pour vous prouver mes regrets...

J'avais saisi une main de madame Quicherat, j'allais la porter à mes lèvres, mais elle la retira vivement.

— Eh, là! monsieur, reprit-elle, toujours railleuse, je constate ce que vous auriez pu me dire si vous aviez été de bonne foi, rien de plus! Ma remarque n'est pas un blâme. Il est tout naturel, qu'après cinq années d'éloignement d'une personne, on s'informe près de cette personne des changements que le temps a pu opérer dans ses goûts! Vous m'avez donc demandé si j'aimais toujours la valse, monsieur. Je vous répondrai: Oui. Seulement, aujourd'hui, je choisis mes valseurs.

— Ce qui signifie, si je comprends bien, madame, que je suis de ceux qui ne sont pas dignes d'aspirer à votre préférence.

— Pourquoi cela signifie-t-il cela, monsieur?

— Parce que je suis de ceux qui vous déplaisent; parce que je viens de me conduire comme un impertinent et un sot, que je ne suis point pourtant, je vous supplie de le croire.

Il y avait tant d'humilité dans mon accent, dans mon regard, qu'Emmeline, qui d'ailleurs ne tenait point sans doute à me garder trop longtemps rancune, se radoucit aussitôt.

— Qu'êtes-vous donc devenu depuis cinq ans, monsieur Bénédict? dit-elle.

— J'ai voyagé, j'ai travaillé, madame.

— Oui ! oh ! l'on sait que vous êtes un grand artiste, maintenant, monsieur.

— Grand !...

— Oh ! j'ai souvent entendu parler de vous... et l'hiver dernier, je ne sais plus à quel propos, on m'a même raconté...— une vieille dame dont le fils s'occupe aussi de peinture, — certaine histoire concernant vos premières amours...

— Qui vous aura paru comique et encore plus ridicule peut-être, madame ?

— Vous vous trompez, monsieur. La mort d'une femme, quelle que soit cette femme, ne m'a jamais paru ni ridicule ni comique.

Madame Quicherat avait très-noblement prononcé ces mots, qui me causèrent une secrète satisfaction.

— Seulement, continua-t-elle, j'ai gagné cette conviction, au récit de ma vieille amie, que les hommes de dix-neuf ans ne valent pas mieux que ceux de vingt-cinq ou de trente... puisque, tout aimés qu'ils puissent être... aimés à ce point qu'on en meurt... ils ne sauraient résister à la première occasion d'être infidèles et trompeurs.

Je ne répondais rien...

— Ai-je tort de raisonner ainsi, monsieur Mazerolle ? reprit Emmeline.

— Peut-être que non, madame, repartis-je ; mais, je vous le ferai observer, eussiez-vous tort, ce n'est point dans ce jardin... sous ce ciel bleu... au milieu de ces arbres verts, de ces fleurs épanouies, que je me permettrais, pour me disculper, d'entrer dans des détails .. fort longs assurément... et dont quelques-uns risqueraient, assurément aussi, de vous attrister.

Emmeline fit un signe de tête affirmatif.—En effet, dit-elle, le moment n'est pas bien choisi pour une confession ; et puis, je ne vois pas trop ce qui m'autoriserait à vous demander l'aveu de vos péchés, monsieur.

—Il en est un, pourtant, madame, dont je serais heureux de vous témoigner, à l'instant même, tout mon repentir.

— Ah !... Et celui-là ?...

— Celui-là, c'est... ayant osé vous dire une fois que je vous aimais, d'être resté cinq ans sans vous le redire.

Madame Quicherat sourit.

— Comment donc êtes-vous ici, monsieur? reprit-elle. M. de Brionne, en nous invitant, mon mari et moi, ne nous avait pas appris que nous aurions le plaisir de vous rencontrer.

— Je me promenais avec un de mes amis dans les bois de Montmorency, madame ; le hasard m'a mis sur la route de M. de Brionne... M. de Brionne a eu la gracieuseté de m'inviter... et comme, en m'invitant, il avait prononcé un nom...

— Un nom... lequel ?

Ce fut à mon tour de sourire.

— Allons ! dis-je en pressant une main qu'on ne retira plus, aveu pour aveu, madame ; si j'ai si mal occupé cinq années que je n'aie pu y choisir un jour pour vous revoir, de votre côté, avez-vous donc si cruellement employé ce temps que vous soyez devenue. . ce que vous n'étiez pas... moqueuse et coquette ?

Un soupir échappa à Emmeline.

— Coquette ! répéta-t-elle ; les hommes ont tout dit quand ils ont dit ce mot-là. Mais, voyons, monsieur Bénédict, j'admets que vous ayez accepté l'invitation de M. de Brionne à cause de moi... quelle conclusion tirerai-je de là ? que la curiosité vous a guidé !

— Oh ! madame, vous oubliez déjà que je viens de protester de mon repentir.

— Votre repentir ! Et si... demain... ce soir... une autre a le droit aussi de vous voir repentant à ses genoux !

— Comment ?

— Ah ! je ne suis plus une petite fille aujourd'hui, monsieur Bénédict, je suis une femme ! je me défie ! Si... si j'aimais, je voudrais être aimée seule... sans partage ! je voudrais que toutes les pensées, comme toutes les heures, de celui que j'aimerais m'appartinssent ; c'est bien de l'exigence. car je ne pourrais en donner autant, moi ! Je suis mariée, moi, hélas ! mais...

— Mais, j'aurais tant à me faire pardonner, madame ! Pourriez-vous donc douter que ces conditions que vous m'imposeriez, je ne les acceptasse d'avance ? A vous, tout à vous et toujours à vous, mais ce serait pour moi une douce expiation en même temps qu'un bonheur immense !

— De plus... reprit Emmeline. Elle s'interrompit brusquement. — Mais voilà longtemps que nous nous promenons, fit-elle ; il nous faut retourner au salon.

— Pourquoi ? Votre mari ne peut trouver mauvais...

— Oh ! mon mari joue au billard... D'ailleurs, ce n'est pas lui qui m'inquiète.

— Ah ! qui donc vous inquiète ?

Emmeline hésitait... la cloche du dîner retentit du côté de la maison.

— Vous entendez, dit la jeune femme, ceci nous ordonne de nous séparer.

— Nous séparer ! Jamais ! Je compte bien être près de vous à table ! Si Ernest avait méconnu ses devoirs au point de me placer ailleurs, je m'en irais !

— Espérons qu'il aura deviné votre désir, répliqua hypocritement Emmeline ; mais, à table, on ne peut causer... à son aise !

— Il est vrai, aussi Ernest m'avait-il donné à espérer que...

Je m'arrêtai, j'avais peur d'en trop dire ; Emmeline me regarda en souriant encore.

— Bah ! dit-elle, ne nous trompons pas pour commencer, monsieur Bénédict ! Ernest vous a à peu près tout révélé, n'est-ce pas? A peu près ! car il ne sait pas tout ! et comme ma cause est un peu la sienne... il vous a promis... pour vous aider... pour nous aider... de vous faire recevoir chez mon mari ?

— Eh bien ! oui, madame ; Ernest m'a fait cette promesse.

— C'est bien ! Reposez-vous donc alors sur la sagacité et l'adresse de notre allié, et, quoi qu'il fasse, monsieur Bénédict, soyez persuadé que je l'approuve d'avance. Mais venez... venez de grâce ! Allons ! laissez ma main !...

— Cela vous est désagréable ?

— Non... peut-être !... Mais nous ne sommes pas au bal ici ! On peut nous voir.

— Oui... *on*... ce vilain *on* qui vous ennuie! qui vous obsède!... cet affreux *on* que nous tuerons s'il ne veut pas s'en aller de bonne grâce.

— Chut! tuer!... Comme vous y allez!... Non! non! Je ne veux pas qu'on tue personne.

— *On*, c'est possible! Mais si je tuais *on!*

— Taisez-vous! *On* est sur le perron. *On* nous regarde.

XXV

Ainsi que je l'avais prévu, m'en rapportant, à ce sujet, à l'intelligence d'Ernest de Brionne, j'étais assis à table à la gauche de madame Quicherat. Pour en arriver à ses fins sans encombre, Ernest, renouvelant un vieil usage, — que pratiquent encore quelques amphitryons, — avait eu soin de mettre sur chaque couvert le nom du convive auquel ce couvert était destiné. L'ingénieuse sollicitude d'Ernest ne s'était pas bornée là. Désireux que nul importun ne pût nous gêner, il avait donné pour voisin de droite à Emmeline... vous avez deviné qui?...Prosper. Le comte de Châteaulin, qui avait sa place en face de nous, entre madame de Brionne et une autre dame, promena un singulier regard sur Emmeline, Prosper et moi, au moment où nous nous asseyions tous trois l'un à côté de l'autre, suivant l'habile disposition d'Ernest de Brionne. Il essaya vainement de contenir son dépit. Pendant tout le premier service, il demeura muet et ne toucha à aucun des mets dont on lui offrit.

— Cher comte, s'écria Ernest, qui feignit,—assez tard, le traître!—de s'apercevoir enfin du malaise de son noble convive, seriez-vous souffrant? Vous ne mangez pas!

— En effet, reprit madame de Brionne, M. le comte est un peu pâle!

Tous les yeux se portaient vers lui.

— Ce n'est rien! ce n'est rien! répliqua vivement M. de Châteaulin, confusionné d'un tel luxe de commisération; une douleur... névralgique...

— Que vous aurez gagnée dans mes écuries peut-être? dit Ernest. Je suis vraiment désespéré,

— Oh! cela va se passer! Cela se passe déjà!

— Un peu de xérès, tenez!... cela est souverain contre les névralgies... Baptiste... servez du xérès à M. le comte.

Durant cet incident, j'avais pu, sous prétexte d'intérêt, comme tout le monde, examiner à mon aise M. de Châteaulin. Dès le premier coup d'œil, je me sentis très-disposé à entrer en lice contre lui dans ce tournoi dont le cœur de madame Quicherat devait être le prix. M. de Châteaulin était un homme d'une quarantaine d'années, roide et guindé de tournure comme s'il eût porté un corset. Il avait d'assez beaux traits, mais d'une expression prétentieuse et fade quand elle n'était pas outrecuidante; son organe, incisif et clair comme le son d'une chanterelle, eut, surtout, le don de me prendre sur les nerfs!

—Est-ce que M. de Châteaulin a été enfant de chœur? dis-je à voix basse à Emmeline, au moment où le comte venait de répondre à madame de Brionne sur une note encore plus criarde que les autres.

Emmeline partit d'un éclat de rire.

— Ah! ah! fit Ernest, voici madame Quicherat en gaieté! A la bonne heure! Cependant, Mazerolle, mon ami, ménagez, je vous prie, madame jusqu'au dessert! Madame est la plus folle rieuse que je connaisse!

— C'est vrai! appuya M. Quicherat, quand ma femme s'y met, elle ne s'arrête plus!

— Mais pourquoi donc de telles recommandations, messieurs? dit insidieusement le comte; c'est une grande qualité que de savoir faire rire les dames, et si monsieur... *Ma-ze-rolle*... possède cette qualité, il aurait tort de ne pas la mettre à profit!

Ces quelques mots à mon adresse, avec accompagnement d'un sourire mielleux, et la façon toute particulière dont le comte avait prononcé mon nom, en paraissant l'épeler... m'avaient choqué. Souriant aussi néanmoins, — dans le monde tout s'enveloppe sous des sourires, — je répondis: — Enchanté de votre approbation, monsieur le comte! Je suis assez heureux quelquefois, en effet, pour faire rire, comme vous venez de le dire, les dames... et cela sans trop d'efforts, je vous jure... — et c'est là même peut-être où gît tout mon mérite... — en leur contant des *enfantillages!*

M. de Châteaulin se tut. Il ne pouvait comprendre ce que je voulais dire; mais comme le mot enfantillages, en lui rappelant ma question, avait provoqué un nouvel éclat de rire de la part de madame Quicherat, le comte fronça imperceptiblement les sourcils. Son flair d'amant ne lui avait point fait défaut; il en était assuré maintenant: j'étais un ennemi, peut-être un rival!

Cependant le dîner, assez silencieux au début, commençait à s'animer. L'accès de gaieté d'Emmeline avait donné l'élan. Les conversations s'engageaient de toutes parts. Profitant du murmure produit par une vingtaine de voix parlant toutes à la fois, je voulus renouer avec Emmeline un entretien qui m'intéressait... Mais à la première parole sérieuse, c'est-à-dire ayant trait à nos desseins, Emmeline m'interrompit.

— Avez-vous donc déjà renoncé aux visites que vous m'avez promises, monsieur Bénédict? fit-elle.

— Pourquoi cette observation, madame? répliquai-je étonné.

— C'est que vous ne paraissez pas vous rappeler ce que je vous ai dit: que ce n'était pas ici que je pourrais vous faire l'aveu de mes ennuis.

— Je n'ai rien oublié, madame, mais je pensais que, sans aborder complétement certain sujet, il nous était permis du moins... tout bas...

— De l'effleurer? Non, non! Il est des gens qui lisent sur les lèvres les paroles qu'ils ne peuvent pas entendre.

— Vous voyez bien pourtant, madame, que M. de Châteaulin n'a pas lu sur les miennes que je le comparais à un enfant de chœur.

—M. de Châteaulin voit fort parfaitement, au contraire, que nous nous occupons de lui, et je ne veux pas lui laisser cette joie. C'est bien assez d'avoir à supporter, tout à l'heure, les duretés dont il ne manquera pas de m'accabler pour avoir accepté une place loin de lui à table, sans me tourmenter, encore en ce moment en me parlant de ce monsieur!

— Vous tourmenter!... des duretés!... comment, madame...?

Emmeline tourna sur moi un regard si suppliant que je n'insistai point, quelque vif que fût mon désir de savoir ce qui donnait au comte le droit de la traiter comme son esclave. Du reste, si Emmeline devait avoir à payer, tôt ou tard, à M. de Châteaulin, le crime de m'avoir accepté pour son voisin de table, en revanche elle avait résolu sans doute de prouver au comte qu'elle possédait le courage de ses crimes, car, pour ne pas parler de lui... — ce que je ne regrettais que relativement, — nous n'en causâmes pas moins, et beaucoup Emmeline avait de l'esprit; la situation même m'excitait. Les deux heures que nous passâmes ainsi furent du nombre de celles dont on conserve, quoi qu'il arrive, le plus doux souvenir. Heures charmantes, pendant lesquelles, sans prononcer encore un mot d'amour, il n'est pourtant question que d'amour! Sorte de lutte courtoise, de combat d'essai, où les adversaires, se jugeant dignes l'un de l'autre, cherchent plutôt à faire valoir réciproquement leurs avantages qu'à remporter, l'un sur l'autre, une victoire qui ne saurait d'ailleurs leur échapper. Parfois, tout en causant avec Emmeline, j'espionnais d'un œil furtif les jeux de physionomie de M. de Châteaulin. Ce pauvre comte était dans un état pitoyable. De pâle, il était devenu pourpre; les veines de son front s'étaient gonflées outre mesure. Moins curieuse que moi, Emmeline dédaignait de paraître s'apercevoir, même par hasard, de la fureur du comte. Décidément, si elle s'était juré de le braver, elle savait tenir vaillamment son serment. Mais le dîner touchait à sa fin; déjà plusieurs fumeurs déterminés avaient déserté la table. Nous tenions bon, Emmeline et moi... Et Prosper, pour ne point causer un vide dans nos rangs, Prosper, quoique réduit dans ce petit drame au personnage de comparse, ne bougeait pas non plus de son poste. Cependant madame de Brionne s'étant levée, et toutes les dames l'ayant imitée, Emmeline ne put faire autrement que de se lever aussi. On avait parlé d'un tour au jardin, au clair de lune, — car la nuit était venue. — J'allais audacieusement m'offrir comme cavalier à madame Quicherat... En cet instant Ernest accourut à moi.

— Venez donc, mon cher ami, me dit-il à haute voix, M. Quicherat trouve que vous avez assez jasé avec sa femme, il réclame son tour!... Et comme, nonobstant cette invitation, dont je démêlais vaguement la portée politique, je me tournais toujours involontairement du côté d'Emmeline: — Rendez-la maintenant à Châteaulin, continua tout bas Ernest en m'entraînant, vous n'y perdrez rien! Je me laissai entraîner... Pendant ce temps le comte avait déjà rejoint Emmeline, et Emmeline, me prouvant ainsi que la manœuvre de notre allié était sage, m'abandonnait, en apparence, sans regret, en acceptant le bras du comte et en se dirigeant avec lui vers le jardin.

— M. Quicherat me disait tout à l'heure, mon cher Bénédict, reprit Ernest de Brionne, — lorsque nous eûmes rejoint l'avoué, encore occupé de déguster un petit verre de vieux rhum de la Jamaïque, — qu'il était charmé d'avoir fait votre connaissance, et que, quand vous auriez une heure de trop, il vous saurait gré de venir la dépenser chez lui.

— Oui, certes, s'écria M. Quicherat, certes, j'ai dit cela, monsieur Mazerolle... et je le répète! Vous permettez?... Il me tendait la main, je m'empressai de lui donner la mienne. — J'adore les arts... les artistes! continua l'avoué, en se résignant pourtant à se lever, — le dernier de tous, — de table. J'ai chez moi quelques toiles... vous verrez, monsieur Mazerolle! Des occasions, vous concevez... dans les ventes? Mais je crois que je n'ai pas été trop volé. J'ai principalement un Murillo... ou un Velasquez, je ne sais plus au juste... — Quel délicieux rhum! Ernest, vous n'oublierez pas que vous m'avez promis de m'envoyer votre fournisseur! Je n'ai bu de rhum de ce parfum et de ce corps-là que chez vous!

— C'est promis, mon cher Quicherat, demain mon marchand sera à vos ordres.

— Bravo! Nous disions donc, monsieur Mazerolle, que je possède notamment un Velasquez .. ou un Murillo... je m'embrouille dans tous ces peintres espagnols... dont on m'a offert huit mille francs... écus... je ne gasconne pas! Et je l'ai payé cinq cent cinquante!

— Une trouvaille en effet, monsieur!

— N'est-ce pas? — Une goutte encore de rhum, je vous en prie, Ernest. Une larme!

— Comment donc, mon cher Quicherat!

— Tant pis! On ne dîne pas tous les jours à Montmorency! Vous ne me tenez pas compagnie, monsieur Mazerolle?

— Non, merci, monsieur, je n'aime pas le rhum.

— Bah! Eh bien! moi, c'est ma liqueur! Et puis, c'est que celui-ci est parfait! Et pas trop cher, ma foi! Il vous revient, Ernest?...

— A dix francs la bouteille.

— Dix francs! On le vendrait vingt aux *Américains*, ou chez Chevet. Ernest, si votre marchand n'est pas chez moi après-demain!... Mais tiens, qu'est donc devenu tout le monde?

— On se promène dans le jardin, ces dames babillent, ces messieurs fument.

— Mais je veux me promener et fumer aussi, moi, que diable! Hein! Où ai-je fourré mon porte-cigare?... Ah! il est dans mon pardessus! Ernest, dites donc à un de vos domestiques...

— Inutile, monsieur, et si vous me permettez de mettre ma provision à votre service... Je tendais mon porte-cigares à M. Quicherat.

— Avec plaisir, s'écria-t-il. Parbleu, voici des *londrès* magnifiques! Comment faites vous pour vous procurer des *londrès* pareils?

— Tout bonnement en me fournissant régulièrement dans un bureau où on me les choisit.

— Mais moi aussi j'ai un bureau où on me les choisit... Seulement on me les choisit toujours humides ou piqués... Eh! eh! parole d'honneur! Ah! à la bonne heure! ça se fume ça!.. Et quelle belle cendre! Vous me donnerez l'adresse de votre bureau, hein, monsieur Mazerolle?

— Je n'y manquerai pas, monsieur.

— C'est que vous ne vous imaginez pas quelle souffrance c'est de fumer continuellement de mauvais cigares! Et puis cela revient très-cher! on en jette la moitié... Excellents, ceux-ci! excellents!... Et maintenant, allons au jardin! Allons au jardin!... M. Quicherat avait sans façon passé son bras sous le mien...

— Je vous suis, messieurs, fit Ernest avec un geste à mon adresse, qui signifiait : Il faut souffrir pour être heureux.

Et vraiment je souffris bien aussi! Ce pauvre M. Quicherat. Le rhum, quoique sa liqueur favorite, ne réussissait pas! La quantité d'inepties, de platitudes, de niaiseries, qu'un avoué — de la force de M. Quicherat — peut débiter quand il a la tête animée, est incommensurable! Et cet homme avait épousé une femme spirituelle! Quel avenir M. Quicherat s'était préparé là! Il est vrai qu'il était d'une philosophie exemplaire, m'avait dit Ernest. Rien de plus compréhensible. Madame Quicherat était trop supérieure à M. Quicherat, il ne pouvait l'aimer; donc il n'était point jaloux. Vers le milieu de ma promenade avec M. Quicherat, j'avais pris le parti de lui répondre invariablement par monosyllabes, sans écouter ce qu'il me disait, autrement je fusse devenu fou! Enfin, Ernest nous rejoignit; comme compensation de mon supplice, mon allié me ménageait une dernière et heureuse surprise.

— Comment partez-vous, Quicherat? fit-il.

— Partir? hein! quoi? Qui parle déjà de partir? répliqua l'avoué, qui trouvait sans doute mes cigares et sa conversation de son goût.

— Ce n'est pas moi, certainement, reprit de Brionne, mais il est dix heures, et...

— Dix heures!... Saperlotte! dix heures.....Oh! alors...

— Alors, vous avez votre voiture, n'est-ce pas?

— Sans doute... ma calèche... qui nous a amenés, ma femme et moi, et qui nous remènera si l'essieu ne casse pas!

— Bon! si je vous demande cela, c'est que... j'avais pensé... Ce cher Mazerolle n'a pas de voiture, lui.. et puisque vous voilà déjà tous deux une paire d'amis!...

— Eh! mais cela va sans dire, cela! M. Mazerolle a la bonté d'accepter une place avec nous! Nous causerons et nous fumerons tout le long de la route... ce sera ravissant!

— Mais le comte? dis-je à l'oreille d'Ernest.

— Rien à redouter de ce côté; le comte est venu avec sa tante, il partira avec sa tante.

— Et Prosper... mon bon Prosper?

— Je lui trouverai un coin quelque part. . . .

Lorsque je montai avec M. et madame Quicherat dans leur calèche, il y eut deux personnes qui ne purent dissimuler une moue très-prononcée. Ces deux personnes étaient le comte de Châteaulin et Prosper. Le regard que le comte lança alors à Emmeline lui disait : Encore un compte à régler! Le regard de Prosper me disait : Comment! tu t'en vas sans moi? Mais l'expectative d'un voyage presque seuls... — M. Quicherat ne nous inquiétait point, — nous rendait indifférents, Emmeline et moi, à toutes les menaces, à toutes les plaintes. La scène des adieux des convives à leur hôte et de l'hôte à ses convives terminée, les voitures roulèrent... La calèche de M. Quicherat, attelée de deux vigoureux irlandais, eut bientôt dépassé toutes les autres...

— Ah! murmura Emmeline, tandis que son mari allumait, aidé du cocher, un troisième cigare, ah! je respire! me voilà délivrée de mon boulet jusqu'à demain. M. Quicherat vous a invité à venir nous voir?

— Oui.

— Vous viendrez?

— Vous le demandez!

— Quand?

— Quand vous voudrez.

— Demain alors... demain... à deux heures; *il* n'y sera pas!

— Qui il? *on?*

— Chut!

Et ce fut là tout ce que nous nous dîmes pendant tout le voyage. Il fallait bien avoir l'air de répondre à M. Quicherat, qui parlait toujours. Il est vrai que, mettant en usage l'expédient dont je m'étais déjà servi avec l'avoué trop disert, nous nous contentions de formuler nos réponses en Oui ou en Non qui tombaient ou ne tombaient pas juste, cela nous importait peu. Mais s'il nous fut défendu de causer des lèvres, Emmeline et moi, en revanche, nous nous rattrapâmes sur un autre langage qui, tout muet qu'il est, a aussi son éloquence. J'étais près d'elle; mon cœur battait avec force; une de ses mains reposait dans une des miennes. Petite main, fine et potelée, et fraîche, oh! vous ne fûtes pas avare de promesses.

XXVI

Il était minuit lorsque je rentrai chez moi; Prosper m'y attendait.

— Déjà arrivé, mon gaillard! m'écriai-je. Il n'est pas possible! La calèche de M. Quicherat allait un train d'enfer! tu es donc revenu en ballon, toi? Prosper, sans me répondre, allumait une cigarette à la flamme d'une bougie. Il me boudait.

— Allons! lui dis-je, allons! mon vieil ami, tu es fâché, je le vois, de ce que je t'ai délaissé une partie de la journée...

— Et toute la soirée! ajouta Prosper...

— Que veux-tu? repris-je en riant malgré moi du ton sombre dont il avait prononcé ces quatre mots : madame Quicherat est si jolie!

— Oui! oui! très-jolie en effet! mais si elle est jolie, elle, par contre, son amant est terriblement laid!

— Son amant! comment! son amant?

Prosper haussa les épaules. Ah çà, fit-il, me prends-tu pour un idiot, Bénédict, et t'imagines-tu que je n'ai pas vu aussi bien que toi que le ménage Quicherat est un ménage à trois? M. de Châteaulin est le deuxième mari de madame Quicherat! Peuh!... et un deuxième mari qui a plus d'autorité que le premier même!...

— En tout cas, son autorité ne s'est pas étendue jusqu'à empêcher Emmeline d'être fort aimable avec moi!...

— Fort aimable... je le veux bien!... un temps donné. Madame Quicherat a fait l'école buissonnière... mais quand le maître l'a ordonné, elle est rentrée en classe... et elle a eu de l'agrément alors... j'en sais quelque chose!...

— Que sais-tu donc?

— Tandis que tu te promenais avec M. Quicherat...— un gentil quart d'heure de félicité que tu as dû passer là, par parenthèse! — j'avais suivi, moi, *en catimini*, dans le jardin, madame Quicherat et le comte. J'ai saisi au vol quelques phrases des discours qu'il lui tenait...

— Eh bien?

— Eh bien! parbleu! ces phrases étaient de celles qu'on adresse à une femme dont on est jaloux... et dont on a le droit d'être jaloux! Des reproches... presque des injures!

— Et que répondait madame Quicherat?

— Elle répondait... ce que répondent les femmes qui n'ont rien à répondre. Elle s'excusait... elle attestait au comte qu'il était dans l'erreur.

— Ah! tu es sûr de l'avoir entendue s'excuser?

— Hein! mais si elle n'avait pas eu à s'excuser, pourquoi donc serait-elle allée se promener avec le comte au lieu de rester avec toi?

Je me tus; les réflexions de Prosper, que je trouvais fort justes intérieurement, m'irritaient néanmoins. — Au surplus, dis-je après un silence, qu'est-ce que cela me fait que madame Quicherat soit la maîtresse de M. de Châteaulin! Si tu t'es figuré me désoler et me punir en venant tout exprès me rapporter des commérages, tu t'es trompé, mon bon ami, grossièrement trompé! Madame Quicherat peut me séduire... comme caprice... mais rien que comme caprice : or, on ne demande pas à un caprice ce qu'on demanderait à une liaison sérieuse.

— Ah! je croyais qu'on demandait au moins à une femme du monde de valoir une fille du quartier latin.

Je me mordis les lèvres. — Tu es en verve de morale, ce soir, Prosper, repris-je; et la morale, quand on va se mettre au lit, convient médiocrement. Bonsoir, — Je me dirigeai vers ma chambre à coucher.

— Bénédict, s'écria Prosper, Bénédict! Tu ne peux supposer que je sois venu t'attendre à minuit tout exprès pour te rapporter... des commérages! Est-ce qu'il est dans mes habitudes, voyons, de me poser en censeur de tes actions?

— Non! et c'est même à cause de cela que je suis d'autant plus étonné de ta mauvaise humeur! Il faut que tu sois diantrement ennuyé dans la société des gens avec qui tu as voyagé, pour avoir tourné à l'aigre de cette force-là!

— Mais ce n'est point du tout parce que je me suis ennuyé pendant le voyage que je suis venu ici!... Si je suis venu ici... pour te dire... ce que je t'ai dit... c'est que...

— C'est que?...

— C'est que j'ai peur, là!

— Peur!... peur de quoi? Que je ne devienne l'amant de madame Quicherat? Et puis, quand cela serait! La prends-tu donc pour une ogresse, une madame Barbe-Bleue qui me croquera tout vif? Ah! ah! ah! mais, tu es fou!

— Je ne suis pas fou, non plus; et tu sais bien que ce n'est pas de madame Quicherat que j'ai peur pour toi.

— Et de qui donc alors? du mari? Ah! j'y suis! de l'amant!

Prosper me prit la main, et fixant sur mes yeux ses yeux pleins d'une tristesse grave : — Eh bien! oui, répliqua-t-il; j'ai peur de M. de Châteaulin.

Prosper était brave comme le plus brave; de telles paroles dans sa bouche m'émurent. J'y vis l'effet d'une pensée puérile, peut-être, par la forme, mais touchante au fond; je ne riais plus... — Allons, dis-je, je te demande pardon de t'avoir maltraité tout à l'heure, mon ami; j'avais oublié que la véritable affection est ombrageuse. Il est tard, quittons-nous; nous reprendrons demain cet entretien; en attendant, dors en paix. Sans entrer dans de plus amples détails, à ce sujet, je te jure à l'avance que je suis tout prêt à te sacrifier, si tu l'exiges, cette amourette.

Prosper me sauta au cou. — Vrai! fit-il, tu consentirais à ne pas aller demain au rendez-vous que t'a donné madame Quicherat? Car elle t'a donné un rendez-vous, n'est-ce pas?

— Oui.

— Parbleu! Et... réponds... tu n'iras pas?

— Hum! manquer absolument à une entrevue que j'ai sollicitée, ne serait-ce point là une impolitesse gratuite? Qu'en penses-tu, Prosper?

Il secoua la tête.

— Mais, du moins, continuai-je, je puis m'arranger de façon que cette entrevue soit la première... et la dernière... si j'y crois démêler quelque danger... pour mon repos.

— Si tu crois!... répéta Prosper en soupirant. Enfin... à quelle heure vas-tu chez madame Quicherat?

— A deux heures.

— A deux heures. Et tu t'engages, au retour, à me dire ce qui se sera passé entre elle et toi? Oh! ne ris pas! Tu me comprends bien! Ce que je veux savoir, c'est comment elle t'expliquera qu'elle puisse vouloir un amant en étant en puissance de deuxième mari!

— Je m'engage à tout te raconter.

— Merci. Au revoir.

Je me couchai tout préoccupé. Est-ce à cette préoccupation que je dois attribuer la nuit agitée, fiévreuse que je passai? Ce qu'il y a de certain, c'est que, toute cette nuit, je fus poursuivi par des songes, des images terribles ou lugubres. Entre autres visions qui me visitèrent, il en est une qui eût dû me frapper en cette circonstance plus qu'elle ne le fit. — Vous me croyez, n'est-ce pas, Spindler? je n'invente point à plaisir pour donner à mon récit une couleur romanesque. Eh bien! cette nuit-là je revis Virginie... Depuis que la pauvre fille était morte, c'était la première fois que son ombre m'apparaissait en rêve.

XXVII

Mais Emmeline était si jolie! Et puis, à défaut de sa bouche, sa main m'avait si bien dit et répété qu'elle m'aimerait... qu'elle ne demandait qu'à m'aimer! Et puis, cela était si divertissant de supplanter ce M. de Châteaulin, qui ne m'effrayait pas du tout, moi, au contraire!... Et puis, quand ce n'eût été que par amour-propre, il m'était si difficile de dire à Ernest de Brionne: « Je recule! » après lui avoir dit: « J'avance. » Du reste, pour l'acquit de ma conscience, en me rendant à l'heure convenue chez Emmeline, ç'avait été en me faisant le serment solennel de me montrer d'une prudence et d'une circonspection sans égales. Je l'avais promis à Prosper. Si j'entrevoyais les moindres lueurs d'un péril quelconque dans le boudoir de madame Quicherat, je renonçais à tout jamais à remettre les pieds dans cette caverne parfumée et capitonnée.

Emmeline m'attendait. Elle me reçut avec un sourire à damner un saint, et comme je n'étais pas un saint, tant s'en faut, à l'aspect de la sirène, adieu mes beaux projets de prudence et de raison!

— Vous êtes exact, me dit-elle, je vous en remercie; nous avons une heure à nous... En une heure, je l'espère, nous aurons le temps de causer.

— Et pourquoi n'avons-nous qu'une heure à nous? répliquai-je. Qui donc... si nous n'avons pas achevé... absolument... notre conversation dans une heure, pourra se permettre de nous troubler... de nous interrompre?

Emmeline se taisait, la tête baissée sur la poitrine.

— Écoutez-moi, madame, repris-je; je n'ignore pas qu'il est de ces confidences qu'il en coûte de faire... à un ami... lors même que votre propre intérêt vous pousse à ces confidences. M'autorisez-vous à vous éviter la moitié, les trois quarts peut-être, d'une tâche... difficile, en allant au devant du secret que vous avez à me révéler?

Emmeline fit un signe d'adhésion.

— Merci, continuai-je, je commence donc, et ainsi qu'on en use avec certains romans dont il suffit de lire le dénouement pour connaître le prologue, j'aborde le point capital de nos explications. Si je me trompe, vous rétablirez les faits. Emmeline, M. de Châteaulin est votre amant. Après l'avoir aimé... un peu peut-être... vous en êtes arrivée à le haïr, à le haïr si fort que vous donneriez tout au monde pour rompre avec lui. Me suis-je trompé? Répondez.

Emmeline avait relevé la tête; ses yeux exprimaient une sorte d'indignation mêlée de douleur. — Monsieur Bénédict, répondit-elle d'une voix stridente, quand M. Ernest de Brionne vous a parlé de moi hier... — car il vous a parlé de moi et de mes chagrins, n'est-ce pas?...

— Oui, madame.

— Eh bien! est-ce qu'il vous a dit que M. de Châteaulin fût mon amant?

— Non, madame.

— Non

— Non.

— Alors, monsieur, ce qu'Ernest de Brionne, qui a toute ma confiance depuis longtemps, ne vous a pas dit... ce qu'il ne pouvait vous dire parce que cela n'est pas, pourquoi donc le supposez-vous?

Je m'inclinai.

— Vous daignerez remarquer, madame, repartis-je, qu'avant de vous faire part de mes suppositions, pour aider, je le croyais, à des confidences promises, je vous avais priée d'être bien convaincue que je ne demandais qu'à être ramené dans la bonne voie... si je m'en écartais!

Emmeline haussa légèrement les épaules. — Vous faites des phrases en ce moment, monsieur Bénédict, dit-elle, et les phrases bien faites peuvent être des preuves d'esprit.. quelquefois... de sincérité... jamais! Pourquoi avez-vous cru que M. de Châteaulin était mon amant? Répondez... je vous en conjure... je le veux?

— Vous le voulez, madame?... Je l'ai cru pour mille raisons.

— Mille!... En vérité?... Vous n'aurez donc pas de peine à m'en choisir une ou deux... des meilleures.

— A quoi bon maintenant, madame, puisqu'il m'est démontré, par vous-même, que ce que je me suis imaginé voir et entendre n'existait pas?

Emmeline fit un nouveau mouvement d'impatience. — Mais je ne dis pas que ce que vous avez vu et entendu n'existait pas, monsieur! s'écria-t-elle. Oui, vous avez bien vu; oui, vous avez bien entendu! Seulement, qu'avez-vous vu? Que M. de Châteaulin s'est érigé en tyran de ma vie. Qu'avez-vous entendu? Que je reconnaissais, par mes actions et par mes paroles, l'effroi que m'inspire une passion violente. Et c'est là-dessus que vous, monsieur Bénédict, un homme distingué, un esprit d'élite, vous vous êtes basé pour me condamner! Mais, monsieur, si j'étais réellement la maîtresse de M. de Châteaulin, et qu'il me fût pénible de l'être, à quel propos chercherais-je donc ailleurs que dans mes propres ressources, le moyen de me dégager de cette liaison? Aucun homme ne résiste aux dédains injurieux d'une femme, monsieur; et si, après avoir dit hier à M. de Châteaulin: « Je vous aime, » je lui disais aujourd'hui: « Je ne vous aime plus! » il me fuirait, dût-il en mourir demain de désespoir et de rage!

— Mais enfin, madame, repris-je, assez vivement aussi, car ces protestations d'innocence et de vertu, contre toutes probabilités, me froissaient et m'agaçaient malgré moi, — mais enfin, vous l'avouez, M. de Châteaulin vous domine! A quel titre s'est-il donc érigé en tyran de votre vie, et pourquoi ne vous révoltez-vous pas franchement contre une passion que vous ne partagez point?

Emmeline me regarda en face. — Prenez garde, monsieur Bénédict, dit-elle, un tel aveu serait, de ma part, plus qu'une marque d'estime... ce serait une marque d'amour.

— Et, balbutiai-je, fasciné par l'éclat de deux prunelles étincelantes, et vous ne me jugez pas digne d'une si précieuse faveur!

Emmeline se leva; elle se promena quelques minutes dans le boudoir, plongeant de temps à autre ses doigts effilés dans les boucles soyeuses de sa chevelure, comme pour chasser de son cerveau une pensée tenace. Tout à coup, revenant à moi : Non! non! fit-elle... décidément j'aurais honte... et puis... dans quel but troubler la quiétude de votre existence?... Vous ne saurez rien... Partez! Séparons-nous. J'ai été mal inspirée en vous donnant ce rendez-vous! Adieu. Bénédict, adieu! Laissez-moi à mes misères!

En parlant ainsi, de grosses larmes, des perles liquides, roulaient le long des joues d'Emmeline. J'avais entouré de mes bras la taille souple de la jeune femme.

— Vos misères! repris-je, mais, quelles misères? Expliquez vous, je vous en supplie! Et tout ce qu'il faudra faire pour vous sauver, je le ferai!

Emmeline pleurait toujours.

— Voyons! continuai-je, m'efforçant de ramener le sourire sur ses lèvres, avez-vous assassiné quelque voyageur sur un grand chemin à vous deux M. de Châteaulin? Est-ce là ce mystère plein d'horreur que vous n'osez me découvrir? Avez-vous, en collaboration, fabriqué de la fausse monnaie... des billets de banque .. des actions de chemins de fer? Vous aurait-il, par hasard, initiée à quelque *Société des treize*, ressuscitée de Balzac?

J'avais atteint mon but, Emmeline souriait. Elle retomba assise à mes côtés; je poursuivis :

— M. de Châteaulin serait-il un démon sorti des enfers?... un Méphistophélès... blond, à qui vous auriez vendu votre âme?

Emmeline redevint subitement sérieuse. — Et... si cela était? dit-elle.

— Si cela était... quoi? repris-je ébahi.

— Si j'avais, en effet, vendu... non pas mon corps, Dieu merci, mais mon âme à M. de Châteaulin!...m'aimeriez-vous assez pour la racheter?

Je ne répondis point, et cela pour une assez bonne raison : je ne comprenais pas.

— Allons! s'écria Emmeline avec un geste indescriptible de femme qui se décide à lancer son bonnet pardessus les moulins; allons! Après tout... je suis lasse de souffrir... et, au risque d'un affront, je parlerai! Vous voulez connaître la nature de la chaîne qui me lie à M. de Châteaulin, Bénédict? Eh bien, cette chaîne est de la plus horrible espèce, entendez-vous! Oh! j'ai été bien légère, bien coupable, je n'en disconviens pas. Dans un jour de démence, d'ambition, j'ai voulu faire comme tant d'autres femmes du monde... j'ai voulu jouer... jouer pour m'enrichir... pour satisfaire mes goûts de dépense et de luxe... et...

— Et?...

— Et ne comprenez-vous pas? L'argent que j'ai joué... et que j'ai perdu... ne m'appartenait pas! Il appartenait à un homme qui, sous le couvert de l'amitié, m'avait tendu un piége infâme! Il appartenait à M. de Châteaulin!... à M. de Châteaulin... que j'ai consenti à accepter aux yeux de tous pour mon amant, pour l'empêcher de divulguer, ainsi qu'il m'en menaçait, ma faute à mon mari! A M. de Châteaulin, qui n'est pourtant point mon amant... Oh! non!... je vous le jure!... mais mon créancier... et un créancier impitoyable, qui m'impose sa tendresse... en manière d'intérêts de l'argent qu'il m'a prêté... qui me force à subir ses odieuses assiduités... en garantie de la somme qu'il a déboursée!

— Et cette somme, à quel chiffre s'élève-t-elle?

— Quatre-vingt mille francs.

— Et M. de Châteaulin possède des titres contre vous?

— J'ai souscrit quatre lettres de change à son ordre.

— Ah! ah! Ce monsieur a pris ses précautions.

— Vous riez, Bénédict!

— Sans doute, car vous aviez raison, Emmeline, cette histoire est une des plus curieuses que j'aie jamais entendues! Comment! M. de Châteaulin, qui possède des millions, assure-t-on...

— Oh! il est immensément riche!

— Et pour une piètre somme... quand je dis piètre, elle est assez rondelette, au contraire... enfin!... pour un service plus ou moins important d'argent prêté, M. de Châteaulin s'arroge le droit de violenter une femme? .. Mais, décidément, ce monsieur est un drôle, un cuistre, un plat-pied, un gentilhomme de boutique! Et vous hésitiez à me confier vos chagrins, Emmeline? Vous hésitiez à me désigner la seule ligne de conduite qu'il y ait à tenir pour moi en semblable circonstance?

Emmeline me dévorait du regard. — Et cette ligne, murmura-t-elle haletante, cette ligne, à votre avis, Bénédict... c'est...

— Eh! mon Dieu! madame, c'est tout simplement de jeter au nez de M. Châteaulin, l'usurier d'un nouveau genre, les quatre-vingt mille francs qu'il vous a prêtés... en lui disant : « Vous êtes remboursé! allez-vous-en. »

XXVIII

J'espère bien, mon cher Spindler, que vous ne m'avez pas fait l'injure de supposer une seconde que je fusse de bonne foi en ouvrant si généreusement ma bourse au premier appel de madame Quicherat. Ce n'est que dans les romans de mœurs... de convention, qu'on voit des amoureux de la veille se ruiner sans balancer pour l'objet de leurs pensées. A cette époque, d'abord, j'eusse été fort en peine de trouver ainsi, du jour au lendemain, quatre-vingt mille francs à jeter en litière à une fantaisie. Ensuite, aurais-je même possédé au fond de mon secrétaire quatre fois, dix fois cette somme, que bien certainement la perspective d'entrer dans un cœur à l'aide d'une clef d'or m'eût répugné.... comme elle me répugnerait encore aujourd'hui. Il faut laisser aux vieillards la triste ressource d'acheter le bonheur. Maintenant, pourquoi avais-je répondu à madame Quicherat comme je vous l'ai conté? Je vais vous le dire. J'ai toujours eu pour règle de conduite qu'il était plus commode et plus sage, dans les occasions sans conséquence, de riposter à un mensonge par un mensonge, que de perdre son temps et son esprit à vouloir faire comprendre à celui qui essayait impudemment de vous tromper, qu'on n'é-

LES BAISERS MAUDITS
PAR HENRY DE KOCK.

Le bal était dans tout son brio lorsque j'y arrivai. (Page 46.)

tait point sa dupe. Depuis que madame Quicherat avait entamé la fameuse définition de la chaîne de quatre-vingt mille francs, une complète métamorphose s'était accomplie dans ma manière d'envisager l'intrigue où je me trouvais jeté. A mes yeux, le drame avait subitement tourné au vaudeville ; la femme du monde était devenue une vulgaire lorette. Remarquez que cette transformation de mes sentiments n'avait pas eu lieu sans quelque trouble. Assurément, le procédé de cette femme mariée, cherchant à se défaire de l'amant en pied aux dépens de l'amant en herbe, avait un côté tellement ignoble, qu'en le voyant se développer le mépris m'était monté à la gorge. Mais que devais-je faire? Qu'eussiez vous fait à ma place, Spindler? Fallait-il se lever, saluer, et dire à madame Quicherat : « Excusez-moi, madame, mais la saynette que vous venez d'avoir l'honneur de jouer devant moi est stupide et mesquine de point en point. Si le comte de Châteaulin vous a vraiment prêté quatre-vingt mille francs, c'est à coup sûr parce qu'il est votre amant ; pourquoi donc avilir votre amant en en faisant un monsieur qui spécule sur son argent pour imposer, non pas même l'amour, mais un semblant d'amour, à la femme qu'il a obligée? D'un autre côté, madame, vous avez commis une grave erreur en traitant, presque à première vue, un artiste, comme vous pourriez traiter un n[illegible]b ou un prince russe débarqué de la veille. Un artiste se ruine tout comme le premier venu, sans doute, pour une femme, mais c'est à la condition qu'il aimera cette femme !... Et si vous vous étiez donné la peine de réfléchir un peu, vous auriez reconnu qu'il n'était pas possible que je vous aimasse encore sérieusement. » Non! non ! non ! A quel propos tenir ces beaux discours à madame Quicherat? Je le répète après le *Bonhomme : A trompeur, trompeur et demi*, c'est là une maxime fort sensée. Et puis, je l'avouerai encore, si je répondis si héroïquement à madame Quicherat que... *ma caisse* était à ses ordres... c'est que je tenais aussi à l'amener à quelques éclaircissements au sujet de ce qui résulterait de ma condescendance à ses désirs. De quelle façon m'y prendrai je pour effectuer le remboursement des quatre-vingt mille francs?

voilà ce que j'étais désireux d'apprendre. Etait-ce à M. de Châteaulin en personne que je devais les donner? Mais M. de Châteaulin prendrait assez mal peut-être mon amoureuse et fastueuse intervention! — Madame Quicherat n'avait point songé à cela, sans doute. — Etait-ce à elle que je devais remettre la somme? Hum! Quatre-vingt mille francs d'une liasse entre les mains d'une femme qui vous a confessé qu'elle jouait à la Bourse... c'était bien scabreux!...

. . . .

Nous en sommes restés au moment où je prononçais ce dernier mot d'une résolution superbe: « Vous êtes remboursé, allez-vous-en. » Je n'avais pas achevé ce mot qu'Emmeline poussa un cri de joie. La joie a ses défaillances. Emmeline était assise à mes côtés... elle ferma à demi les yeux... laissa tomber sa tête sur mon épaule... ses mains dans mes mains... Elle était si belle de la sorte, brisée par le bonheur, que, ma foi! je ne crus pas commettre une action bien répréhensible en acceptant des arrhes sur un marché... que je ne devais pas tenir, il est vrai! Mais un baiser, un pauvre petit baiser, ce n'était qu'un dédommagement bien maigre, après tout, des impressions fâcheuses que je venais d'éprouver! Mes lèvres s'appuyèrent sur les lèvres d'Emmeline... Jusqu'où aurais-je poussé la perfidie, et cela, je le confesse, sans le moindre remords? je n'en sais trop rien... Tout à coup la porte du boudoir s'ouvrit... Emmeline s'arracha de mes bras... Le comte de Châteaulin était devant nous.

XXIX

Je me levai vivement. Emmeline, retirée, et comme recroquevillée, sur un coin du divan, semblait pétrifiée. Le comte, debout sur le seuil de la porte, le chapeau à la main, me contemplait en silence. Ce silence dura une minute environ. — C'est fort long quelquefois une minute. — Cependant, j'étais résolu à attendre que M. de Châteaulin prît le premier la parole. Un amant n'est pas un mari, je n'avais pas à m'excuser.

— Monsieur, dit enfin le comte en me saluant, vous conviendrait-il de sortir avec moi?

Je rendis le salut. —Très-volontiers, monsieur, répliquai-je.

Il s'était effacé pour me livrer passage. Au moment de quitter le boudoir, je ne pus m'empêcher de me retourner; Emmeline était toujours à la même place, immobile et blême. En vérité, j'aurais pu ajouter foi, quelques instants auparavant, à son histoire d'emprunt, que sa contenance à cette heure m'eût entièrement désabusé. Jamais femme ne ressentit tant de terreur en face d'un créancier! En traversant la pièce qui précédait le boudoir, nous rencontrâmes une fille de chambre. C'était celle qui m'avait introduit près de madame Quicherat. Je ne crois pas m'être trompé; cette fille échangea, au passage, un rapide regard avec le comte. Il l'avait payée pour trahir sa maîtresse; elle lui disait du regard: « En avez-vous pour votre argent? » Nous étions dans la rue. Nous fîmes quelques pas côte à côte. Il marchait, je marchais; il s'arrêta, je m'arrêtai.

— Monsieur, fit-il assez froidement, aviez-vous deviné que je suis l'amant de madame Quicherat? Ne mentez pas!

Il y a des locutions dangereuses. Peut-être le comte n'avait-il pas positivement le dessein de m'insulter en prononçant ces mots: « Ne mentez pas! » Mais ce qu'il y a de certain, c'est qu'à ces mots je me sentis pâlir.

— Monsieur, répliquai-je avec hauteur, je n'accepte de leçons de personne et je ne réponds qu'aux questions auxquelles il me plaît de répondre.

Le comte tressaillit; en y réfléchissant depuis, j'ai toujours été persuadé qu'il regrettait, en ce moment, l'extrémité à laquelle il était poussé. — Il suffit, monsieur, reprit-il; s'il ne vous plaît pas de me répondre... ici... comme je l'aurais souhaité... il vous plaira, je pense, de me répondre d'une autre façon, demain?

M. de Châteaulin avait pris une carte dans sa poche; il me la présenta; je lui donnai la mienne. Nous nous saluâmes; j'allais m'éloigner.

— Ah! un mot encore, monsieur, dit le comte, en me retenant par un geste rempli de courtoisie, j'ai pour demain une affaire, fort importante aussi, qui me retiendra toute la journée; seriez-vous assez bon... si cela ne vous gêne point, toutefois... pour remettre notre rencontre à après-demain? C'est aujourd'hui mardi, ce serait pour jeudi... à l'heure et à l'endroit que vous fixerez.

Je m'inclinai. — Soit, monsieur, à jeudi, huit heures, porte Maillot.

— Jeudi, huit heures, porte Maillot; c'est convenu. Grand merci de votre obligeance, monsieur.

Et M. de Châteaulin me salua de nouveau et me quitta... me laissant sous cette impression, qu'il est des figures auxquelles certaines expressions siéent mieux que d'autres. Ce que je vais vous dire là est bizarre, Spindler, mais M. de Châteaulin m'était beaucoup moins antipathique comme adversaire dans un duel que comme voisin de table. Cela provient peut-être de ce que, lorsque nous nous étions trouvés ensemble à table, je l'avais envisagé comme un rival, tandis que maintenant, que je n'avais plus le moindre penchant à lui disputer la possession d'Emmeline, je ne considérais plus M. de Châteaulin que comme un homme fort bien élevé et fort convenable. Avec tout cela, je n'en avais pas moins une mauvaise affaire sur les bras! Un duel! et un duel pour une femme que je n'aimais pas... pis encore, que je méprisais. Je rentrai assez soucieux. Prosper était dans l'atelier. En le voyant, ma première pensée fut que j'avais eu tort de ne pas le croire lorsqu'il m'avait prié de renoncer à mon rendez-vous avec Emmeline. Le cher garçon me connaissait si bien qu'il lut ce que je pensais dans mes yeux.

— Il t'est arrivé un malheur, Bénédict! s'écria-t-il.

— Un malheur! dis-je en riant, pas tout à fait encore!

— Encore!... Ah! c'est pour un peu plus tard alors!

— C'est possible.

— Tu as vu M. de Châteaulin chez madame Quicherat?

— Oui.

— Vous vous êtes disputés?

— Oh! pas du tout! cela s'est passé de la manière la plus pacifique!

— Pacifique! pacifique! Du genre! On se coupera la gorge le lendemain, et l'on s'exprime comme si l'on devait aller ensemble à la noce!

Prosper s'asséna sur le front un coup de poing à tuer un bœuf.

— C'est ma faute aussi; quand il aurait fallu, pour cela, t'enfermer dans une armoire, je ne devais pas te laisser courir chez cette femme! Oh! cette femme! cette femme!

Prosper était tombé sur une chaise... l'œil fixe...— Je l'avais deviné hier, là-bas, à Montmorency!...continua-t-il, oui, je l'avais deviné tout de suite... c'est elle qui a été cause de la mort de la petite... sa rencontre devait encore nous être funeste!

J'avais involontairement tressailli en entendant Prosper; il vit ce mouvement et se repentit sans doute de ce qu'il venait de dire, car il se releva aussitôt, et affectant de rire : —Allons, fit-il, je suis trop bête aussi .. oh! je suis trop bête avec mes pressentiments!... Ne m'en veuille pas, Bénédict... c'est la colère qui me fait divaguer. Voyons! tiens! je me calme... Au bout du compte, tous les jours on se bat et on en est quitte pour une égratignure. Le vin est tiré, il faut le boire, voilà tout! Naturellement je suis un de tes témoins... Qui sera le second?

— Le premier venu de nos amis. Cela te regarde.

— C'est juste... cela me regarde. Et à quelle heure vous battez-vous demain?

— Ce n'est pas demain, mais après-demain. A huit heures, à la porte Maillot.

— Comment... c'est après-demain? Pourquoi après-demain?

— Tout uniment parce que M. de Châteaulin, ayant affaire demain, m'a prié de remettre le combat à jeudi. Et puis! Tu fais une mine comme si ce que je te dis là était extraordinaire! Est-ce qu'il n'arrive pas souvent de remettre un duel à une époque plus ou moins éloignée?

— Mais si, mais si!... Cela arrive souvent... très-souvent!... et tu as parfaitement agi en acceptant la proposition de M. de Châteaulin! Ah! c'est pour après-demain! Au moins nous avons le temps de nous retourner. C'est égal!...

Prosper mettait son chapeau.

— Où vas tu donc? lui dis-je, surpris de l'animation presque joyeuse de ses traits.

— Où je vais? mais m'entendre avec un camarade!... Ah! tu as la carte de M. de Châteaulin... donne-la-moi.

— A quoi bon? ne disais-tu pas toi-même que nous avions du temps? Il suffira donc demain matin...

Prosper m'avait presque arraché la carte que je venais de tirer de ma poche. — C'est encore une sottise que j'ai dite, fit-il, une sottise de plus! Nous n'avons pas trop de temps! Les témoins de M. de Châteaulin nous attendent peut-être chez lui, il vaut mieux tout régler aujourd'hui.

— C'est différent. Et, au fait, qui vas-tu prendre avec toi?

— Qui? Mon Dieu! je ne sais pas trop! Charles Rodier, hein?... le paysagiste? Je le trouverai au café des Variétés... il y couche.

— Va pour Charles Rodier!

— Bon. Adieu.

Prosper allait s'éloigner...

— Ah çà! lui dis-je en le retenant, tu ne me demandes pas seulement comment je veux me battre! C'est moi qui ai été provoqué, tu sais?

— Et tu as le choix des armes... et nous choisissons l'épée... ça coule de source, parbleu!

— Et... — mais reste donc tranquille, que diable! As-tu des fourmis dans les jambes? — Et quand vous aurez tout décidé avec les témoins de M. de Châteaulin, vous viendrez ici, n'est-ce pas?

— C'est convenu.

— Et nous dînerons ensemble tous les trois.

— Sans doute! Nous...

Prosper s'interrompit brusquement.

— Et puis, lui dis-je le voyant pensif, qu'y a-t-il encore? Tu ne peux pas dîner avec moi?

— Si fait! j'accepte! C'est accepté! répliqua Prosper, s'arrachant, par un effort violent, à sa rêverie. C'est cela... nous dînerons tous les trois... et nous irons au théâtre ensuite... Bah!...

— Nous irons au spectacle si tu veux.

— Et nous nous amuserons!... Et nous rirons, car enfin, n'est-ce pas, s'il fallait s'enfermer et pleurer d'ici à après demain, ça manquerait de charme.

— C'est aussi mon opinion.

— Dans le premier moment, tu conçois, Bénédict, je m'étais fait un monstre de... mais à présent...

— A présent tu as plus foi en mon étoile, tant mieux!

— Oui... Oh! à présent je suis sûr... c'est-à-dire j'espère bien que... Allons! je m'en vais toujours chercher Charles Rodier. Adieu, Bénédict.

— Adieu, non... à bientôt! Il est cinq heures, prenez une voiture et tâchez d'être ici à six.

— Oh! nous y serons! Au revoir alors, mon petit Bénédict; au revoir.

Prosper me serrait la main; la sienne était brûlante.

— Pauvre ami, pensai-je, il est plus tourmenté qu'il ne veut le paraître.

Il avait fait quelques pas vers la porte, il se retourna et me regarda comme s'il eût encore quelque chose à me dire; mais, se ravisant: — Au revoir! répéta-t-il.

Et il sortit.

XXX

La veille de ma malencontreuse promenade à Montmorency, j'avais ébauché une petite toile de genre dont j'avais depuis longtemps l'idée, et que je voulais donner à ma mère; c'était une composition des plus simples, mais qui me séduisait beaucoup; un revenez y de mon séjour en Italie: un improvisateur napolitain juché sur des tréteaux, au milieu d'une place en face du palais de la *Vicaria*, et se redressant avec orgueil aux applaudissements d'un public de *lazzaroni* en guenilles. Ce chef-d'œuvre,—en expectative,—reposait sur mon chevalet; mon regard s'était porté de son côté, après le départ de Prosper; je m'en approchai et me mis à l'examiner attentivement. Vingt-quatre heures passées sur une esquisse en modifient souvent l'effet. Ce fut ce qui arriva en cette occasion. J'avais quitté mon *improvisateur* tout enchanté de lui. Je le trouvai maintenant gauche et mal campé. De même des lazzaroni, qui me parurent roides et niais comme des gardes nationaux à une grande revue... En un tour de main, j'eus ôté mon habit et pris ma palette... Comme j'allais donner le premier coup de pinceau, je m'arrêtai... Je venais de me rappeler mon duel. Et, après une seconde d'hésitation :—Bah! repris-je mentalement, j'ai bien oublié quelques minutes que je pouvais être tué après-demain! pourquoi ne l'oublierais-je pas une heure? Essayons. A sept heures, j'étais encore devant ma toile. Seulement, elle s'était tout à fait transformée alors; *lazzaroni* et *improvisatore* n'avaient plus l'air de marionnettes. Ils vivaient.

Si je vous conte ces détails, Spindler, ce n'est certes point avec la prétention de me donner à vous comme un second Turenne s'endormant la veille d'une bataille sur l'affût d'un canon! D'abord, je ne dormais pas, je travaillais, ce qui est peut-être beaucoup moins courageux; et, tout en travaillant, j'avoue que, par instants, l'image de ma rencontre prochaine avec M. de Châteaulin venait se confondre devant mes yeux avec les contours de mes personnages italiens; cependant, un fait qui me surprit moi-même, c'est que, plus je songeais à mon duel, moins il me semblait redoutable. Assez désagréablement impressionné au début, à l'idée d'aller offrir ma poitrine en point de mire à la pointe d'une épée, j'avais fini, peu à peu, en me remémorant les paroles de Prosper, par penser qu'il n'y avait aucun motif pour que ce ne fût pas mon épée, aussi bien que celle de M. de Châteaulin, qui terminât le différend. Je me disais encore,— toujours d'après Prosper, — qu'en général les duels n'ont pas une issue aussi fâcheuse qu'on eût pu le prévoir, et que des ennemis si peu acharnés, tels que nous l'étions, le comte et moi, devaient se contenter très-aisément d'une piqûre! Bref... bref, sept heures sonnaient et, je vous l'ai dit, mon esquisse avait pris une allure nouvelle, tout à son avantage... Et, comme je quittais mon chevalet pour me laver les doigts et me rhabiller, je souriais très-franchement en sentant que l'appétit m'était venu en même temps que mes appréhensions funestes s'étaient évanouies. Mon Dieu! le courage n'est peut-être qu'une affaire de réflexion et rien de plus. Tel qui se conduit en lâche sur le terrain se serait peut-être fort bravement comporté si, à l'approche du combat, il s'était dit qu'on risque tout autant de mourir d'un coup de pot de fleurs, qu'on recevra sur la tête en passant dans la rue, que d'un coup d'épée qu'on aura demandé à un rival ou à un impertinent. Cependant, maintenant que je ne travaillais plus, je commençais à m'apercevoir que Prosper tardait bien à revenir. Cela était donc bien long de s'entendre avec des témoins! Sept heures et demie sonnèrent. L'impatience fit place en moi à la surprise. Huit heures. La mauvaise humeur, à son tour, remplaça l'impatience; et une mauvaise humeur d'autant plus vive que mon appétit allait s'augmentant. Huit heures et demie! Pour le coup, je n'y tins plus. Prosper se moquait-il? Et parce que je me battais le surlendemain, devais-je donc jeûner aujourd'hui? Mais que faire? Me rendre chez lui? Il n'y était point. Chez M. de Châteaulin? La démarche pouvait paraître ridicule. Enfin, la sonnette retentit à ma porte! Mon domestique avait ouvert... Dans mon empressement, je m'élançai vers l'antichambre..... Charles Rodier, Charles Rodier seul, venait d'entrer. — Et Prosper? m'écriai je. Où est donc Prosper? Est-ce que... Je n'achevai point; en regardant Charles Rodier, dont les traits étaient chargés d'une tristesse indicible, j'avais reculé, frappé d'un soudain effroi.

— Du courage, Bénédict! me dit Charles Rodier, du courage!

— Du courage! répétai-je. Qu'y a-t-il donc?

— Il y a que Prosper s'est battu avec M. de Châteaulin, et qu'après avoir été désarmé deux fois, il a reçu un coup d'épée dont il va mourir.

XXXI

Que s'était-il passé? Comment Prosper, en moins de quatre heures, avait-il pu trouver le temps de rencontrer M. de Châteaulin, de le provoquer et de le forcer à se battre séance tenante? Voilà ce que je ne pus comprendre, voilà ce que je ne sus jamais. Ce que j'appris seulement, de Charles Rodier, c'est que Prosper, accompagné d'un autre peintre, nommé Frédéric Maurin, était venu une heure auparavant le chercher au café des Variétés en lui disant qu'il avait besoin de lui, à l'instant même, pour une affaire d'honneur. Le combat avait eu lieu au bois de Boulogne. Prosper était tombé au premier engagement. Un des témoins de M. de Châteaulin était médecin, il avait examiné la blessure, et, sur l'invitation même du comte, il était monté en voiture avec Prosper pour le reconduire à sa demeure et le soigner. Chemin faisant, le médecin avait dit à Charles Rodier que la blessure était mortelle; le fer avait traversé les poumons. Prosper ne passerait pas la nuit.

Je n'ai pas besoin de vous peindre mon état, tandis que Charles Rodier, courant à mes côtés dans la rue, me donnait ces détails. Prosper, mon pauvre Prosper, victime de son dévouement! Prosper mourant pour moi! Oh! Spindler, il faut avoir subi une pareille douleur pour comprendre tout mon désespoir! Quand j'arrivai chez Prosper, il était couché sur son lit. Près de lui se tenait le docteur, qui achevait de poser le premier appareil sur sa blessure. Comme il était pâle, mon Prosper! La mort avait déjà marqué sa proie au visage. Il avait les yeux fermés lorsque j'entrai, mais, à mon approche, il les rouvrit aussitôt. Mes pas n'avaient pourtant produit aucun bruit sur le parquet; mais il m'avait deviné sans doute.

— Te voilà! fit-il avec une adorable expression de joie.

Je m'agenouillai à son chevet... je m'agenouillai en sanglotant... que voulez-vous que je lui dise!

— Allons! allons! continua-t-il de sa voix qui me glaçait; elle était sifflante et étouffée tout à la fois; pour parler, il lui fallait certainement de grands efforts. Allons! j'espère bien que tu ne vas pas te désoler comme un enfant, Bénédict.

— Si j'avais un conseil à vous donner, monsieur, dit le médecin en se tournant vers moi, ce serait de laisser votre ami reposer.

— Hein! Que dites-vous, docteur? reprit Prosper, en retenant ma main que j'avais placée dans la sienne, vous voulez qu'il s'en aille!... mais moi, je ne le veux pas, je ne le veux pas! Me laisser reposer... Je sais, aussi bien que vous, où j'en suis, allez!... je n'en ai pas pour longtemps... je reposerai bientôt tout à mon aise et pour toujours! mais, jusque-là, Bénédict ne me quittera pas. N'est-ce pas, Bénédict, que tu ne me quitteras pas? Essaie, tiens! J'arrache les linges, les compresses qu'on a mis sur ma blessure!... Ah! mais! si je n'ai plus qu'une heure ou deux à vivre, je veux les vivre bonnes, au moins!

Il y avait une telle résolution dans l'accent de Prosper, que le médecin n'insista point; il salua et sortit en m'adressant un regard qui disait: Il a raison; il vaut mieux qu'il profite, comme il le désire, de ses derniers instants. Restez donc; moi, je n'ai plus affaire ici.

— Il est parti... j'en suis content! murmura Prosper, je n'ai pas besoin de lui, et j'ai besoin de toi. Assieds-toi donc, Bénédict... assieds-toi, mon ami... Tu es mal comme cela, sur ce tapis... et puis je ne te vois pas bien. Et parle... parle un peu, que je t'entende! Tu m'en veux de ce que j'ai fait, dis?

— Oh!

— Mais songes-y donc... Si j'avais laissé faire, c'est toi qui aurais pu être... après-demain... comme je suis à présent.

— Eh bien cela! eût été plus juste du moins, mais...

— Mais tu comptes bien, n'est-ce pas, rattraper M. de Châteaulin et me venger?

— Tu me le demandes!

— Oh! je ne te le demande pas, j'avais bien prévu ton intention. Seulement, il y a une chose à laquelle tu ne penses pas, Bénédict, c'est que... si je me suis battu, ç'a été pour empêcher que tu ne te battes... et que, par conséquent, mort ou vivant, je ne veux pas que tu te battes.

— Allons donc! tu ne saurais exiger...

— Au contraire, j'exige... j'exige formellement, et tu m'obéiras! M. de Châteaulin... qui n'est pas mon ami, m'a bien fait le serment que j'ai réclamé de lui quand je suis tombé là-bas...

— Comment!

— Mon Dieu, oui! M. de Châteaulin m'a juré de ne jamais se battre avec toi! Toi qui m'aimes, Bénédict, tu ne seras pas plus rigoureux que M. de Châteaulin! Voyons! jure, jure tout de suite, je t'en prie!...

J'hésitais.

— D'ailleurs, pourquoi songerais-tu à me venger? poursuivit Prosper; qui dit vengeance dit réparation d'une insulte... et je n'ai pas été insulté par M. de Châteaulin... Oh! non!... Au contraire, tu devines bien qui de nous deux a provoqué l'autre. Il m'a frappé, c'est vrai... et trop bien frappé... mais c'est dans le cas de légitime défense... et si je ne l'ai pas tué.. ce n'a pas été ma faute; je n'ai donc que ce que j'ai cherché. Est-ce une question de point d'honneur qui t'arrête? Sois tranquille. J'ai pensé à cela. Le comte t'écrira, il me l'a promis aussi; il t'écrira pour te dire qu'il renonce volontairement à une réparation sanglante. Le pauvre homme! je crois qu'il est bien assez chagrin déjà de ce qui est arrivé... il n'a pas envie de recommencer. Il n'est pas méchant, va, Bénédict, ce M. de Châteaulin! il pleurait franchement quand il a vu tout mon sang qui s'en allait. Dame!... ça se conçoit... ça doit être triste d'avoir la mort d'un homme sur la conscience... et tiens... tout bien réfléchi... je crois que j'aime mieux être à ma place qu'à celle du comte! Mais j'attends toujours, tu sais! Mon petit Bénédict... avant de nous séparer, j'ai encore tant de choses à te dire! Des choses plus agréables que celles dont nous nous occupons, tu comprends. Ce serait dommage de perdre notre temps. Voyons, tu ne te battras pas avec M. de Châteaulin... tu me le jures?

— Je te le jure, balbutiai-je.

— Merci! fit Prosper, comme si c'eût été moi qui lui eusse donné ma vie.

. . . .

Prosper mourut dans la nuit qui suivit le duel. Jusqu'au dernier moment il conserva sa pensée, et jusqu'au dernier moment sa pensée fut tout à moi. Depuis longtemps, sans jamais m'en avoir fait part, il m'avait, par un testament déposé chez un notaire, laissé tout ce qu'il possédait. Peu de minutes avant l'instant suprême, il me dit: — Tu sais que tu es chez toi ici? En exhalant son âme d'ange, il murmura, son regard rivé sur le mien: — Travaille bien toujours, n'est-ce pas, Bénédict? Si je ne suis plus là, pense à moi, ça te donnera du courage.

. . . .

Deux jours après la mort de Prosper, je recevais une lettre ainsi conçue: « Monsieur, un remords éternel pèsera sur ma vie, le remords d'avoir tué un homme tel que M. Prosper Millet. Ah! s'il m'avait dit, avant de croiser son épée avec la mienne, ce qu'il m'a dit lorsqu'il est tombé mourant devant moi: qu'il n'avait cherché la mort que pour défendre votre vie, je vous l'affirme par tout ce que j'ai de plus cher au monde, monsieur, même après l'outrage sanglant qu'il m'avait fait, j'aurais renoncé à me battre avec lui. Vous n'oublierez jamais, monsieur, que j'ai tué votre meilleur ami .. et vous me haïrez donc toujours. Mais, du moins, en lisant ces lignes, vous me rendrez cette justice que je ne sais point reculer devant un engagement solennel à remplir. *Je reconnais humblement, monsieur, que j'ai eu tort de vous provoquer dans la maison où nous nous sommes rencontrés. Et je vous prie d'agréer mes sincères excuses.*

« Comte RAOUL DE CHATEAULIN. »

J'achevais la lecture de cette lettre lorsqu'on m'annonça M. Ernest de Brionne. En voyant entrer l'auteur — involontaire il est vrai — du malheur irréparable qui m'avait frappé, mon front s'était obscurci malgré moi... Ernest comprit ma pensée, sans doute, car il s'écria d'une voix émue : — Pardon, Bénédict, j'ai eu tort de venir à vous, peut-être. Mais j'ai cru qu'il y allait de mon devoir de vous dire que je regrettais amèrement de vous avoir jeté dans une intrigue... dont le dénouement imprévu devait vous coûter tant de larmes. J'ai cru qu'il y allait de mon honneur, surtout, de vous jurer que, si j'avais su... ce que je sais aujourd'hui... c'est-à-dire ce que vaut.. réellement... madame Quicherat, je me serais gardé...

— Assez, interrompis-je en tendant la main à Ernest; je crois à vos regrets, mon ami, et c'est moi qui vous demande pardon, à mon tour, d'avoir oublié un instant que vous êtes un digne et galant homme, incapable d'une perfidie.

Ernest me serra la main. — Merci de vos bonnes paroles, Bénédict, fit-il.

— Mais, repris-je, par qui avez-vous appris le duel de Prosper avec M. de Châteaulin? Par M. de Châteaulin, peut-être?

— Non.

— Par... cette femme, alors?

— Non.

Un sourire amer plissait les lèvres d'Ernest de Brionne.

— Bénédict, dit-il, je crois que Dieu lui-même s'est chargé de vous venger, vous et votre pauvre Prosper.

— Comment?

— Le comte a disparu hier de Paris.

— Eh bien?

— Eh bien !... vous ne devinez pas? C'est juste... les infamies ne se devinent pas toutes. Le comte a disparu... avec Emmeline !...

— Oh !

— On les dit partis pour la Russie.

Je fis un geste de dégoût. — Partis !... Partis ensemble ! murmurai-je. Et elle le haïssait ! disait-elle.

— Elle le hait... et il la méprise. Vous voyez bien que vous serez vengé.

XXXII

— Chelles ! Chelles ! criait le garde-frein.

— Nous voici bientôt à Paris, dit Bénédict.

— Oui, répliquai-je; vous n'aurez pas le temps de terminer votre récit.

— Si. Le troisième épisode est fort court.

— Mais vous êtes fatigué, sans doute.

— Fatigué non, attristé, peut-être, d'avoir fouillé dans tout ce passé. Mais je vous ai promis votre roman, vous l'aurez.

C'était l'hiver dernier; un samedi de la fin de décembre. Au sortir d'une soirée chez Célestin Fraenzel, le compositeur, la fantaisie me prit d'aller passer quelques instants au bal de l'Opéra. Il était deux heures du matin; le bal était dans tout son brio lorsque j'y arrivai. Je donnai, en passant, un coup d'œil à cette multitude de fous et de folles bondissant comme des démoniaques au son de la musique enragée de Strauss, puis je montai au foyer. Il y avait à peine dix minutes que je m'y promenais, lorsqu'un domino bleu me prit par le bras. Je m'attendais à l'inévitable apostrophe, exprimée sur un ton plus ou moins niais : — Je te connais ! je te connais ! ou à cette autre également sacramentelle : — J'ai soif, paie-moi à boire. Mais non ; mon domino n'était ni banal ni altéré. — Bénédict, fit-il d'une voix évidemment déguisée, et si bien déguisée que, si je connaissais la femme à qui elle appartenait, elle atteignit pleinement son but en ne parlant ainsi qu'à mon oreille et non à ma mémoire. Bénédict, j'ai un mot à te dire; veux-tu m'accompagner dans une loge?

— Pourquoi pas? répliquai-je, si le mot que tu as à me dire est spirituel ou aimable.

— Spirituel, non. Aimable, c'est possible.

— Allons !

La loge où me conduisit le domino bleu était une loge de foyer; elle était occupée, lorsque nous y entrâmes, par deux autres femmes, qui, sur un signe de celle à qui je donnais le bras, nous cédèrent aussitôt la place. Nous nous assîmes. Je remarquai tout d'abord que l'inconnue avait une petite main finement gantée, et, dans cette main, un élégant mouchoir brodé. Ce n'était pas non plus la première inconnue venue.

— Sais-tu, Bénédict, reprit-elle, après un moment de silence employé par elle à me considérer avec une profonde attention, sais-tu que tu ne changes pas du tout; tu es toujours très-beau.

— Il est probable que je serais en droit de t'adresser, beaucoup plus justement, un semblable compliment, si tu voulais ôter ton masque, repartis-je en souriant.

Elle secoua la tête. — Peut-être, fit-elle. Je suis moins jolie que je ne l'ai été.

— Ce sont de ces choses qui arrivent... mais quant à toi, je n'en crois rien.

— Tu as tort... Je suis moins jolie que je ne l'étais surtout la première fois que nous nous sommes vus.

— Ah ! nous nous sommes donc vus?

— Certainement.

— Et où cela?

— Oh ! tu es trop curieux !

— Et toi, tu es discrète?

— Oui.

— Et pourquoi es-tu discrète?

— Parce que... si je ne l'étais pas, tu pourrais m'en vouloir. On n'est pas toujours enchanté de retrouver les gens qu'on a aimés.

— Je t'ai donc aimée?

— Un peu... je le crois...

— Alors... pour ne pas être enchanté de te retrouver... c'est donc aussi que tu m'as trompé?

— Un peu aussi... ça, j'en suis sûre.

— Voilà de la franchise au moins.

— Oh ! sous le masque, cela ne tire pas à conséquence. Et puis, il y a si longtemps que nous nous sommes aimés !...

— Et quittés?

— Non... pas quittés... puisque nous ne nous sommes jamais pris.

J'avoue que ce début me piquait; je me rapprochai du domino, mais nous étions dans l'ombre, et tout ce que je pouvais voir, c'était deux éclairs jaillissant de temps à autre par les trous du masque de satin.

— Je ne te comprends pas, dis-je. Si je t'ai aimée et si tu m'as trompé, il faut absolument, à mon sens, que nous ayons été amants.

— Il faut! Mais non, il ne faut pas... absolument... puisque cela n'a pas été.

— Tu me le jures?

— Je te le jure.

— Et... fut-ce par ta faute?

— Non.

— Ce fut donc par la mienne?

— Non plus.

— Diable! Je me perds dans ce dédale, moi. Est-ce que tu ne m'en donneras pas le fil tout à l'heure?

— Peut-être.

— Ah!

— Mais à une condition! C'est que lorsque je t'aurai contenté, tu partiras.

— Dame! cela me chagrinera peut-être beaucoup, mais si tu l'ordonnes...

— Je ne te l'ordonnerai pas, je t'en prierai. Je ne m'appartiens pas.

— Ah! tu appartiens à quelqu'un?

— Hélas, oui! A quelqu'un... que tu n'aimes pas.

— Bah! Et que tu aimes, toi?

L'inconnue soupira.

— Un soupir n'est pas une réponse, repris-je.

— Au contraire, c'en est une, et des meilleures souvent, en ce qu'elle dispense des autres.

— Alors... si je t'entends bien, tu n'es pas heureuse?

Nouveau soupir.

— Mais, si tu n'es pas heureuse, pourquoi ne le deviens-tu pas? Il ne dépend que de toi, peut-être.

L'inconnue fit un geste négatif. — Non, dit-elle, il est trop tard. Autrefois... à la bonne heure... avant que j'eusse tout à fait cassé les vitres.

— Ah! tu as cassé...

— Ne ris pas! Je ne plaisante plus. Autrefois, il m'eût été possible de faire ma vie telle que je la désirais... mais aujourd'hui...

— Aujourd'hui?

— Aujourd'hui je me résigne. J'ai trouvé par hasard, en te rencontrant, un moment de bonheur... j'en profite... Tout à l'heure je retomberai dans mon enfer. Tiens, Bénédict, c'est un souvenir de ma jeunesse et de la tienne que j'ai sur les lèvres. Tu as demandé qui je suis... Me reconnais-tu?

En prononçant ces mots, la femme au domino bleu s'était penchée vers moi, et, me saisissant la tête à deux mains, par un mouvement rapide, elle avait collé ses lèvres sur les miennes. Je frissonnai. Si je n'avais pas reconnu la femme, j'avais reconnu les lèvres... j'avais reconnu le baiser!

— Emmeline! m'écriai-je.

Elle m'avait parlé d'un souvenir de ma jeunesse!... Mais elle avait oublié les souvenirs de douleur que son baiser devait en même temps évoquer en moi! La mort de Virginie!... Et la mort de Prosper!... Et chacune de ces morts à la suite d'un de ses baisers! Je bondis vers la porte.

— Adieu! adieu! madame! balbutiai-je.

Et je m'élançai dans la foule. Mais cette pensée me poursuivit: j'avais reçu un baiser d'Emmeline... un malheur me menaçait.

XXXIII

Je quittai le bal en maudissant l'instant où j'y étais entré. Mais pouvais-je m'attendre à pareille aventure? Depuis quatre ans, je n'avais jamais entendu parler de madame Quicherat, ni du comte de Châteaulin! Je les croyais toujours en Russie.

Je revins chez moi. Tout le long de la route, je m'étais dit:

— Je suis fou, oui, je suis fou! Quel malheur pourrait me menacer? Ceux que j'aime sont joyeux, bien portants, tranquilles! ma fortune est à l'abri de toute catastrophe; ma réputation, comme artiste et comme homme, à l'abri de toute atteinte. Je suis fou! ce troisième baiser n'est pas une nouvelle malédiction. Cette femme n'est pas mon mauvais ange. Il n'y a pas de mauvais anges sur terre! Je suis fou.

. . . .

Spindler, il y avait une lettre chez moi, une lettre que la poste avait apportée dans la soirée, une lettre datée de Nice, où mon père était allé passer l'hiver avec ma mère. Mon père m'écrivait que ma mère était souffrante, et qu'elle désirait me voir. Au point du jour, j'étais à la gare du chemin de fer de Lyon. Trente heures plus tard, j'étais à Nice... Quand j'arrivai... ma mère était morte.

XXXIV

AU LECTEUR

Mon livre, d'après le récit de Bénédict Mazerolle, est terminé. J'avais envie encore, avant de tracer au bas de cette page le mot : *Fin*, de vous offrir quelques tirades philosophiques à propos de la *fatalité*, de la *destinée*, des *pressentiments*, des *pronostics*, etc., etc. Mais vous n'auriez qu'à me répondre : « Qu'est-ce que cela me prouve? » J'aime mieux me taire, trop heureux déjà de penser que si mes *Baisers maudits* vous ont quelque peu distrait, cela *prouve* au moins que j'ai eu raison de les écrire.

FIN DES BAISERS MAUDITS.

PARAITRA

DANS LE N° 28

DE LA COLLECTION DES

ROMANS POUR TOUS

QUI SERA COMPLET EN 6 LIVRAISONS A 10 CENTIMES

www.ingramcontent.com/pod-product-compliance
Ingram Content Group UK Ltd.
Pitfield, Milton Keynes, MK11 3LW, UK
UKHW021520260726
13993UKWH00004B/1788

9 782329 172286